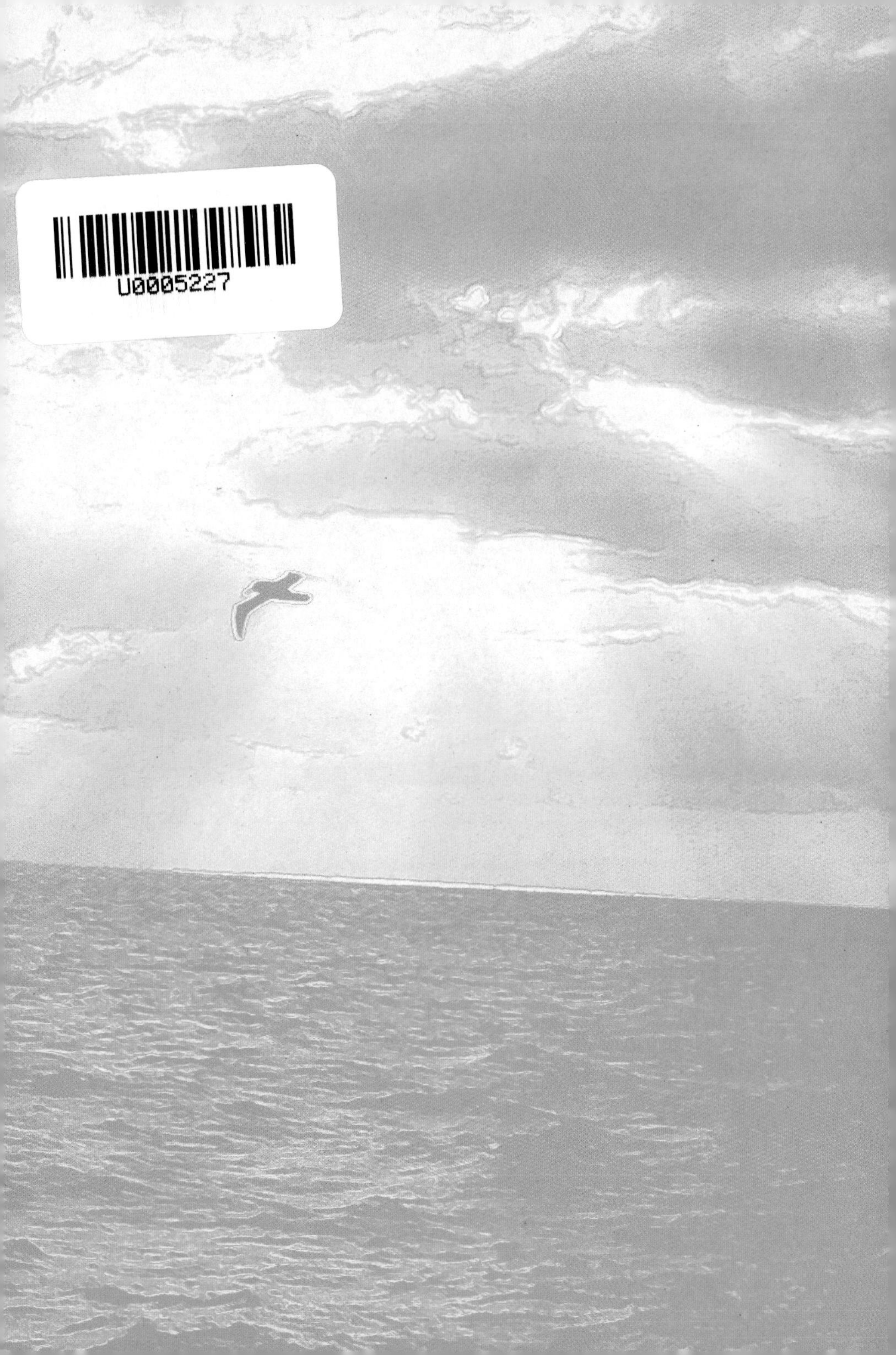

尋找一座島嶼

廖鴻基◎著

晨星出版

你，正在追尋夢想嗎？

你心中的島嶼在哪裡？

廣闊、深邃、多面貌的海洋，

像每一頭鯨、每一條魚、每一個人心底的深沉，

永遠翻不盡、永遠讀不透……

讀完這本書，你會因此愛上海洋，

也或許能找到屬於你的那座島嶼。

目次

CONTENTS

序

政治是現實的，文學卻是永遠的

小野

第一屆台北文學獎中的台北文學年金得獎作品之一的《尋找一座島嶼》終於完工了，相信不僅僅是作者廖鴻基先生鬆了一口氣，所有曾經規劃文學獎、參與評審工作和關心台灣文學現況的朋友們，也一定跟著鬆了一口氣。因爲這部作品的完成和出版，將是一個要不要繼續頒發文學年金的重要指標，如果廖鴻基的《尋找一座島嶼》能超越他過去的作品，像《鯨生鯨世》、《討海人》和《漂流監獄》，那麼便可以印證當初提出文學年金的構想方向，大致上是正確的。

記得廖鴻基先生在提出這個寫作計劃時，強調台灣整體生態環境深受海洋影響，台灣沒有道理缺少海洋文化。他認爲台灣如果能打開海洋門戶，將海洋視爲台灣領土的延伸，就可能突破受限的視野，使得未來的可能無限寬廣。不同於其他的寫作者，廖鴻基先生本身有十二年的海上生活經驗，包括五年的職業漁人和兩年從事海上鯨魚海豚生態觀察經驗。當初廖先生的寫作計劃能在眾多水準很高的應徵者中脫穎而出，想必和他所提出的

「海洋文化」，和他個人的眞實生活經驗有些關係吧？我想，整個文化界渴望有極突破性、極符合台灣本土特色且極不一樣的文學作品的心情，清楚地反映在評審過程和結果。

說來也很有趣，在所有官方和民間所舉辦的大大小小文學獎中，台北文學獎是相當新輕的，只有兩歲，可是市長卻已經換了人。第一屆台北文學獎的頒獎典禮，阿扁市長站在台上，頒發文學年金給廖鴻基先生和另一位年金得主瓦歷斯．諾幹（作品是《泰雅史詩》），台下卻圍了一大群記者說，馬英九先生宣佈要參選下一任台北市長。當時在台下的我還偷偷慶幸地想，由於記者爭相訪問阿扁市長，或許反而使台北文學獎可以增加曝光的機會，畢竟台灣的媒體焦點，文學和政治比起來，眞是既邊緣又點綴。

後來，第二屆台北文學獎頒獎典禮時，已經換成馬英九市長在台上談著他個人的文學閱讀經驗，我忍不住開了一個玩笑說：

「唉，政治是現實的，文學卻是永遠的。」

當時包括馬英九市長本人在內，全場來賓都笑開了起來。那一刻，我忽然覺得文學果眞有我口中那樣永恆的話，我們所有從事文化藝術工作的朋友們，都要提醒自己，雖然和政治比起來，文學對城市的影響和改變是比較緩慢，甚至是抽象的，但卻是深刻而持久的，我們應該要有這樣的信心。

後來參與評審工作的南方朔先生，在頒獎典禮上說了一句相當發人深省的話，他說：「台北文學獎很不台北。」他是指我們把第一屆台北文學年金，頒給了描寫海洋的廖鴻基，也給了要完成《泰雅史詩》的原住民作家瓦歷斯・諾幹；第二屆更頒給了來自馬來西亞的年輕僑生陳大為，而他的寫作計劃是《在南洋》，也是史詩的格局。

因爲台北文學獎很不台北，所以文學會帶給台北更開闊的胸襟、更遙遠的視野，使得台北不再只是一個沒有個性和特色的髒亂城市而已。

《尋找一座島嶼》終於問世了，希望這部作品的出版能引發文化界更多、更深的討論，也能給喜歡閱讀文學作品的朋友帶來一些喜悅，我願意把對這本書的評論和分析交還給讀者朋友，希望讀者朋友能從這本書中體驗一個「政治是現實的，文學卻是永遠的」和「台北文學獎很不台北」的道理。

（台北市文化基金會董事長）

自序

重新出航

廖鴻基

人的運氣有好、有壞，書本也是。「尋找一座島嶼」於一九九九年九月出版後，算是命運多舛。初版三千本後，竟成絕版。之後的五年多，好幾次有重新出版的打算，總是時運不濟，幾經波折，又錯失了機會。

過去在鏢魚船上捕魚作業，若這艘船一段時間都鏢不到魚，船長便會擒一桶海水潑鏢頭，或大掃除似的洗刷甲板，意思是「改運」。

這本書既然有機會重新出版，勢必得大翻修、大整理。當然也並不單單只是爲了改運而已。

爲了修改，重新看過這本書，我體會到，命運的波折並不一定是壞事。如同海面的波折往往是大海的基礎動力。當年出版是匆促了點，或者說，當時的視野不夠廣、不夠深；簡單來講；就是寫作能力不足。回頭看時，深覺當年的書寫能力，有點糟蹋了這些好題材和好故事。當然，每個創作者回看自己的作品，往往都會不盡滿意。

藉著這次重新出版的機會，不僅門面小修、小改，而是愼重的內部翻修及裝潢。篇名不變，故事結構不變，但幾乎是重新整理、大幅翻修，可說是舊瓶新裝。

曾經聽一位造船老師傅說，修船比造船難。因爲修船比造船多了拆解、修補等瑣碎的過程，費工又費時，所以修船不僅需要技術，也需要耐心。修改這本書時，深刻體會了這些。費了很大的功夫及很長的時間，修修補補、塗塗改改。

五年多來，持續航行，持續海上工作。無論實際涉足的海洋範圍，或內心的那一片海洋版圖，照理說應該都會更廣闊、更深沉。

多年航行及寫作，時常鼓勵自己以「臨摹海洋無盡的寬廣與深邃」爲努力方向。海洋是我的稿紙，稿紙亦是我的海洋。

在海邊、在港口、在漁村、在甲板上，聽著濤聲，感受船身撞浪的震撼，看見出航、返航的討海人，一趟又一趟地出走及歸來。這一波一浪的累積，我總在思想、嘗試，想用更多元的面向和方式，將這些經驗與邊緣且珍貴的題材，作更完整而美麗的表達。

海洋是什麼？海洋文化又是什麼？這些，又和我們大多數人有什麼關係？

海洋是一本永遠翻不盡、永遠讀不透的大書。幾年的海洋經驗，我深知，如船隻對海面的耕耘，都只是窄窄的表層而已。但是，它給予我的影響，如深根的大樹，直探我心脈底層。我將繼續翻閱這本大書，將不斷地重新出航。

1

—黎明出航—

晨風撼動衣襟，每個出航，
我都抱著期望面對海洋。

繞過長堤，船隻黎明出航。陸地吹來的晨風陣陣推送船隻離岸，晨曦淡濛濛拼貼岸上建築物層次向洋浮現。船尾索索白沫魯推，城市在晨霧茫茫裡漸漸淡去。

這是個熟悉的出航場景，十幾年了，上千個航次在這裡進出，儘管回首熟悉，船頭面對著的曠闊海洋，我的確不曉得今天的海洋將上演哪一齣戲碼，我也不曉得這個航次可能面對的景況。

晨風撼動衣襟，每個出航，我都抱著期望面對海洋。

船隻跨越過一道色澤分明的潮水交界線，感覺自己正脫身從舊領域進入一個新世界，像是通過了一道閘門，穿越了一條隧道，生命來到一個不可探究、不可預期的領域。

這裡，屬於岸上的已消逝遠去，海水往往洗腦清明，在這寬闊領域裡，感覺自己將逐漸渺小，像一顆落入海洋子宮的胚胎。

十數年來，無數時間我在這個領域裡漂泊、思想，如海洋初生的嬰孩學習如何在這個世界站得更穩，學習在甲板上具備更紮實的生活能耐。

我深刻感受及領受這個世界給予的波折、點滴，甚至，我用過去從來沒有過的視野，回頭省視岸上的歲月。

海面偶爾平滑如鏡，大多時晃盪不安，也見過翻臉狂暴的海洋面貌，我體認到天、地、海洋如我們的父母，有時慈祥、有時嚴厲。

每一頭鯨、每一條魚、每一個人，天地萬物都離不開這自然界的節奏循環。

我喜愛海洋，盼望一輩子都能繼續航行出海，在這個領域裡繼續學習及累積。

我喜歡書寫，在海洋的懷抱裡書寫及記錄，盼望能夠擁有更多的生活經驗，並寫出更好的文學作品。

曠闊、深邃、多面貌的海洋，像每一頭鯨、每一條魚、每一個人心底的深沉。

我試著走過這一片海，記錄這一片海。

感謝台北市文化基金會的獎助，讓我得到以小說形式來寫作海洋的機會。

右前舷一浬外，藍澄澄的海面跳出一朵白色浪花，我曉得，是一群海豚朋友在遠距離外道早安。

船隻右旋十五度，對準朝陽升起的海域，我以十三節航速航向黎明。

2

—老謀深算—

就像每種生物在自然界都有一套獨到的生存本領，
討海人也一樣，面對同一片海，
每個討海人都有一套獨特的秘訣和技巧。

順仔，菜市仔名；如順仔自己說的：「若是港邊使力喊一聲『順仔』，大概十幾人會回頭看；漁船若會舉手應答的話，可能十幾艘船也會同時舉手應『有』。」

確實，無論人名、商號或是船名，誰不想行事順利、行船順風。「穩、順、利」、「旺、合、發」、「漁、豐、成」、「盈、滿、津」這四組十二個字，如一座細密的刺網，差不多一網打盡統港腳一半以上的漁船船名。

順仔的九噸半木殼船就取名「順豐」。如同輩名號，他的名字和他的船都有個「順」字。事實上，他和他的船，有如兄弟情誼，像俠士和他隨身的劍。

順仔近六十了，不胖不瘦，小個子，方臉，寬下骸，看來不過五十出頭。長得算是再平常不過的菜市仔面。

他整個人最特別的就是嘴線老是揚著，像隨時隨地都在微笑。眼睛習慣一條縫瞇著，他臉上的每一褶皺紋，彷彿都是爲了配合這微笑而彎曲、而深刻。有人問他：「歡喜啥？笑瞇瞇。」他仍然微笑著說：「討海辛苦，笑笑卡好過。」

午後三點，夏日炎陽偏了個角度，不再直視漁港。藍天裂出縫隙，浮雲洶洶擠出，如一團團、一朵朵灰白色泡綿，悄悄滲進了原本藍靜的天空。漁港如午睡醒來，開了門，買魚的、賣魚的和捕魚的，像約好了的，如午後潮漲，洶湧漫進漁港。

一道矮堤橫切，將漁港分隔成兩大區塊。以魚爲主的販漁區，以及以船爲主的漁人區。雖說魚連著船，船連著港，兩區密切相關，但氣氛完全不同。如工廠和店舖、獵人和獵物、生產和消費，眼光不同，心情不同。漁船靠港卸漁後，是一趟漁撈的終點，但漁獲轉了個空間，開始新的流程。

傍晚通常是沿海漁船及沿海討海人的整補時間，清網、切餌、修這補那。海上航行、海上捕撈所需的，哪怕是一條繩、一根釘，船隻一航出港口，缺了就沒得補。海上不能做、不方便做的，都得在港裡勤快整補。

討海人兩個家，一個大屋頂架在穩固的岸上，另個小屋頂漂在浮動的港裡。

港渠裡的漁船比鄰串連，順豐號繫在東南碼頭角落，五艘一串的第三艘，是一艘上了年紀有點老舊的木殼小船。這艘船如在船群裡隱了形，並不特別顯眼，但聽說是台灣造船師傅硬工夫生產的最後一批木殼船。

港渠裡綁著的每一艘船，雖然同個港腳出入，但有些船，甲板上的漁具裝備，看來零亂蓬鬆，感覺上是暫時的拼湊組合。對比之下，順豐號看來精壯許多，哪怕是每艘船甲板上都有的簡易爐灶及大箱、小箱漁艙冰櫃等，順豐號上，這些都排列整齊，看來像是長了根，緊緊與船身固結成一體。

每艘船看來都有個性。

稍微內行的人，看一艘船不會只看甲板表面，看的是機艙引擎。一艘船，若引擎被照顧得油油亮亮，這艘船已經不差。更內行的，會將船隻與操持這艘船的討海人一起來看。總的來說，外行看門斗，內行看內裡。一艘漁船若要稱爲「精壯」，最好的例子就像順仔和他的順豐號。從甲板一直看到機艙底，再從機艙底一路看回順仔那一臉笑容，說不上哪裡特別，或哪裡與眾不同，相當直接的感覺——啊，順豐號加上順仔，根本就是一體合成的「臭腥命」。

有人問埋在順豐號後甲板網堆上補網的順仔：「爲什麼每艘船看來都有個性？」順仔抬頭，微笑，慢慢說：「海底魚仔百百種，港腳船仔當然嘛百百種。」停了一下，他低頭繼續補網，一邊又說了句：「啥密款人，駛啥密款船，掠啥密款魚。」

順仔討海超過三十年，順豐號與他年久月深浪濤裡相伴。順仔若不在船上，他那艘順豐號就顯得孤伶伶港渠裡閒著。像農閒期間牛欄裡閒閒嚼草的耕牛。這頭牛稱不上顯眼，靠近點才看得出，舷板油漆磨盡，露著褐亮的松羅木紋，那是重力往復磨娑，歲月積累下來的硬底子骨架。

傍晚時分，常看見順仔在他船上忙著，但往往一轉眼就不見蹤影。很少看見順仔在港邊逗留，不像大多數討海人，做完手頭整補工作，常常跨過船，互相幫個手頭手尾；或者，港邊聚聚淡薄喝兩杯。酒氣一熱，話題牽牽拖拖，海裡總是有說不完的膨風故事，就像岸上總有聊不盡的八掛消息。

順仔在這港腳，稱得上是孤僻、孤獨，人緣可能不是太好。

這天傍晚，港裡如往常熱鬧，港渠裡沒見到順仔。跟綁在順豐號相鄰的討海少年兄阿得打聽，阿得不客氣地劈口就說：「順仔喔，早走了，這個人鬼鬼祟祟干吶鬼咧！」

「是喔？」我心裡疑惑。

阿得講這話時，聽得出口裡九分情緒，但保留一分的敏銳觀察才淡薄查覺得出的敬意。順仔雖說個性孤癖，比較不愛與人來往，但畢竟也不妨礙人，也不說東道西搬弄是非；何況，老是滿臉笑容。到底哪裡得罪人了？

「怎麼講？」我是好奇，繼續問阿得，想知道他怎麼看順仔這個海上鄰居。

「跟我出海一趟便知。」阿得說。

一段日子後，和阿得相約出海。

這季節土魠魚洄游靠岸，沿海漁船紛紛使用掃罟（流刺網）捕抓土魠魚。午後兩點，船隻航出海港。墨藍色漁網沉甸甸滿載後甲板，船尾坐沉水面，引擎吃力奔轉，船尾拖長了湧湧白沫。日頭赤焱才稍稍西偏，海面刺眼燦亮，如一盆不停蕩漾著的滾燙金湯。

我和阿得避在駕駛艙裡閒聊。問出漁場位置後，覺得奇怪，漁場距離港口不遠，水路航程頂多一個多鐘點，而掃罟是天黑後才開始的作業。「需要這麼早出門嗎？」我問阿得。我的意思是，到達漁場後剩下的白日天光怎麼耗。

阿得只顧催促油門，簡單回答說：「到時便知。」

港裡的掃罟漁船，不約而同，都在這時紛紛出港。港嘴外形成一群朝同個方位駛去的船隊，排列成如候鳥角椎狀遷徙隊伍。寬闊海面擾出引擎鏗鏘節奏，船隊後頭，形成扇形滾滾艉波追隨。輸人不輸陣，湊熱鬧似的，大家都趕早出港。

「約好的嗎？」

阿得搖搖頭。

船隊尖點，領頭的那艘船，船速看來並不快，但是，不曉得為什麼，大隊漁船儘管相互競速，但似乎都甘願落在領頭那艘船之後。船隊像狼群緊緊追隨，不敢稍稍逾越帶頭的首領。

阿得的船八成新，強化玻璃纖維船殼，船身輕、馬力足。出了港後，十分鐘不到，我們已追越了四、五艘船，緊緊咬住領頭那艘。

直到這時，我才看見，領頭那艘船，船尾板上寫著的船名是「順豐號」。

阿得回頭往船尾一望，一邊緩了緩油門。轉過頭來，他說：「順仔這幾天燒香發爐相款，隨便抓隨便有。別艘船網子裡只有海水，他輕輕鬆鬆每天一、二十尾載回港裡；土魠魚干吶他飼的；去哪裡放網他最清楚。」

這時，我們左舷側，一艘船名為「滿津二號」的搶上前來，欲要插隊介入阿得和順仔之間。阿得伸手扳了扳油門，衝出船速，緊緊貼住順豐號屁股尾後。滿津二號識趣的不再插隊，保持與我們並肩平行。跟我們一樣，取得船隊第二順位優勢。阿得皺皺眉頭說：「咬住順仔就對了，他抓十尾，咱撿菜尾，隨便嘛撿個五、六尾。」

阿得的意思是，只要如此貼近順豐號，便能爭得今晚與順仔相鄰放網的權利。

原來大家早早出門，為的就是搶先咬住順仔，要與他分福氣，要與他分一杯羹。

「本來這款作業，攏嘛四點出門就可以，誰知道，這棵鬼順仔變鬼變怪，一天比一天早，如今，兩點不到就帶著大家海上隆隆漩，干吶帶大家出來遊覽，看風景。」阿得搖了搖頭，十分不以為然。

但又因現實需要，不得不如此追隨。

順豐號船速不疾不徐，好像並不在意隨後跟蹤而來蒼蠅似的船隊。方才阿得那一衝，我們逼進了順豐號船尾，這樣的距離，我已能清楚看見順豐號上的順仔。他坐在駕駛艙把舵，點了根菸，看起來老神在在。他一直沒回過頭，一次都沒有，好像不知道他的船尾如此競爭，如此熱鬧。

船隻搖晃，因為角度的關係，我僅能看見順仔的後側面，看不到他臉上的表情。我想，他是微笑著吧！

三點過一刻，船隊抵達漁場。順仔輕巧將順豐號迴過半弧圓彎，打橫停住。阿得立即催了油門，順勢前衝，搶過並行的滿津二號；像卒子喫過河；再越過順豐號，急急將船隻佔領順仔船側上游。這海域的海流通常自南而北，大家認為，土魠魚群當是順流而下。這趟海，阿得順利佔上了順豐號上游，算是整個船隊裡的最佳位置。

阿得嘴角輕揚，似笑非笑，幾分得意。但他一下左、一下右，眼神看出兩側船舷外，猶疑地觀望著其它船隻動向；尤其是離我們最近的順豐號；看來似乎缺乏自信。

船隊紛紛跟上，分別上、下游，以順豐號爲中心，南北兩側一線打橫開列。船隻彼此保留了約莫一浬間隔。每艘船上所載的漁網，長度大約一公里，相互間得留下作業空間，避免作業時網具相犯（糾纏），這是掃罟漁船的默契。

船與船之間彼此預留的間隔，因爲距離天黑下網時機還早，這時，各船的相對位置還處於計較、協調的不穩定狀態。誰都想多靠近順豐號一點，分點福氣；誰也不願意左右鄰船靠得太緊妨礙作業。況且，土魠魚群隨潮流湧來，辛苦張羅的漁網，誰會願意被人攔擋，與人瓜分？

如塵埃紛紛並未落定。每艘船都晃盪著、計較著；每個人都有自己的想法，彷彿各自都用自己的一把尺來丈量彼此間的距離。每艘船都直挺挺如刺蝟般，不想被其他船隻靠近，又儘量傾向順豐號。

「喂！這縫太窄嘍，卡開咧，駛卡開咧……」

「你娘咧，海你一個人的啊……」

「駛開一點啊，會死啊，你娘咧……」

無線話機裡，嘈嚷傳來各船對下網領域的爭執。這些爭執，讓人覺得海洋並不如想像的曠闊。要爭要搶時，岸上、海上都一樣，寬闊的海洋上頭，照樣上演狹路相逢的戲碼。

這場熱鬧中只有順豐號安靜，一直沒聽見順仔的聲音。

順仔像一隻被狼群圍堵在中間的羔羊，等候狼群協商、分配後，就要活生生被吞食。走走停停，船隻一刻也靜不下來；如狼群嗥嗷，焦躁、不安的情緒，迅速感染了整個船隊。尤其落在核心外圍的船隻，像是被冷落在外的嬪妃，她們觀望、徘徊、等待機會，希望能夠爭得中央君主垂愛的眼神。怪不得別人，誰教他們在第一波競逐下就落後了。

順仔都不答話，駕駛艙裡只管靜靜坐著。

話機裡嘈吵一陣切磋，調整，將近一個小時，船隊終於排定順位，逐漸安定下來。無論甘不甘心，情不情願，今晚船隊的捕魚陣仗終於落定。

「妥當，今晚妥當……」阿得一臉笑容，從隨時準備動手爭搶位置的駕駛艙下來。

阿得今晚佔領了地利與人合，就差天時。

阿得猴手猴腳，三兩步跳到船尾，將網頭與標燈，浮桿，用牢靠的繩結繫妥；再將標燈匣打開，換了新電池進去。

態勢明朗，應該十分篤定。但我發現，阿得一邊手裡忙著，他的眼睛還是隨時瞟著順仔那艘船。

「還有不安？」我心裡想，但沒問出來。

午後四點半，離天黑尚有一段時間。

我環視四周海面，感覺不到漁場特有的氣息。抓魚我並不內行，但幾年來跟隨漁船作業，大抵已嗅得出，一個好漁場所具有的濃烈腥臊味及悶沉的騷動氣息。我們停船這裡，一點都感受不到是個好漁場。我懷疑阿得所說的——「妥當。」

好不容易，船隊已經平衡妥當的安定情勢，僅僅維持不到二十分鐘。

騷動又起。

順仔的船隻晃動了兩下，旋身又起。

阿得看順仔一動，警銳敏感地丟下手頭燈標，三兩步從船尾撞回駕駛艙，一手推上離合器，一手同時掄動舵門，油門慌慌催促。船艉一沉、一坐，排氣孔一陣烏煙汩汩，整艘船像海水裡釘了樁一般，原地迴轉。不過短短幾秒鐘之間，阿得讓他的船原地迴了個九十度急轉；然後，瞬間衝出百米田徑的速度。

反應夠快，這波異動，阿得順勢保住了這變局後，繼續尾隨順仔的首席優勢地位。

「嘿嘿！」阿得冷笑一聲說：「我嘟知，老套了……幹，這棵鬼順仔。」

阿得抓起話機，呼叫順仔：「好心咧，順仔，變猴弄啊？」

阿得的話引起其他船許多聲音回應，都是抱怨。

好不容易才底定的陣仗，順仔一動，就整個瓦解了。一切都得重新來過。話機裡少不了尖酸抱怨。

奇怪的是，這樣的搬弄，按一般討海人的粗獷脾氣，挫幹魯譙是免不了的，但大家對順仔的這一動，最多不過冷嘲幾句而已。大家似乎都隱忍著、節制著。

我想，他們應該幹譙在心底。

大家都迴船又跟上來了，又是一場奔波競逐。話機裡又開始吵吵嚷嚷。

說實在的，順仔要走要停完全是他的自由，海面闊弄弄，他又沒要求誰來跟他的屁股尾。

難怪港腳不少人在順仔的名字前加個「鬼」字，喊他「鬼順仔」。

剛剛鬼順仔這兩三手，我終於見識到順仔的鬼靈精。難怪他一路上不必回頭，不過稍停一陣，他便通曉了今晚船隊的陣仗與企圖。

順仔依然靜靜坐在駕駛艙裡，不疾不徐，悠然開船。我一想到他，腦子裡出現的仍然是一臉笑容。

就像每種生物在自然界都有一套獨到的生存本領，討海人也是一樣，面對同一片海，每個討海人都有一套獨特的秘訣和技巧。這是各自在海上生活多年累積的經驗。曾經問順仔這問題，他說：「啊，各人掠各人的魚。」

有些討海人懂得在大體相同的漁具上加些小撇步，多繫個繩結，或是多綁個浮標，就可能因而多撈個幾尾；有些討海人，在潮流的辨識上獨具慧眼，他們一出了海，溜眼感覺一下海流，就能像先知一樣預測魚隻今日的來龍去脈；有些討海人則是對海底岩礁魚窟瞭若指掌，雖然眼睛看不透海面，但他們對海底熟悉的程度，可說是不輸給自家厝內走灶腳。

差別在於，有些討海人像石斑魚大嘴巴，就怕別人不曉得他在海上的能耐，炫耀似的，往往將一分經驗誇成他有三分獨到的才能；有些討海人像鮪魚，平時闔著嘴，守著秘訣，一旦飲酒開講上了鉤，就像開了瓶的陳年老酒，再也無法繼續收藏；少數像順仔那一款的，像魷魚一樣從不露嘴，如鬼一般精靈，就算設陷阱來誘探，像鐵齒的情報員，再怎麼刑、怎麼逼，也無法讓他稍微露點口風。

畢竟都是海裡的魚，相同的是，他們誰也不服誰。暗地裡步數偷偷地撿、暗暗地學；

明著都是自己最行。

像這天這麼明白，而且大剌剌地跟定順仔的情形並不多見。

怪只怪順仔網土魠魚這一氣實在是太順利了，樹大招風招惹來的。

「你不知，兄弟，」阿得說：「鬼順仔之前放棍（延繩釣），抓深海大嘴巴（深海土鱠），每天，他和大家一起三腳礁（北方海域一塊深水岩礁）裡擠，相爭那新近被發現的大嘴巴魚窟。魚群有限，眾船相爭，魚窟裡的大嘴巴很快就被抓光了。之後，沒人再去三腳礁捕魚。沒多久，大家覺得奇怪，爲何順仔每隔一陣子，就有一簍大嘴巴抬回來？大家以爲這麼快三腳礁的大嘴巴又繁衍長大了。等什麼，紛紛械私傳傳咧，大家興哄哄地又來到三腳礁下鉤。奇怪的是，漁場裡偏偏沒看到順仔那艘順豐號。

「當然，那一趟全都滿載烏龜（槓龜），沒一艘船抓一尾大嘴巴回來。」

「那順仔呢？」我問。

「順仔怎樣，又不是他叫大家去的。」

「我的意思是，順仔的大嘴巴怎麼來的？」

「隔一段時間眞久，大家才淡薄曉得，順仔是在南邊某處只有他一人曉得的岩礁窟抓的。之前，他竟然放著他飼的魚窟不抓，過來三腳礁和大伙相擠相搶。」

「難道沒辦法知道他的秘密魚窟?」

「你不知啊，兄弟，他平常和大家一樣抓別的魚，只是三不五時偷偷抓一簍回來，誰會那樣閒工夫，時時跟蹤他?況且，一發現有人跟，他便閒閒在海上繞圈子，看風景，寧願空手回來偏偏就是不下鉤。」

「還繼續大嘴巴載回來嗎?」

「不繼續就不叫鬼順仔。」

鬼順仔的船再度打橫停住。

看看手錶，五點半。夕陽已沉入西天山嶺，晚霞染紅了半邊天，海面金黃游絲將盡未散，反照出這一天最後的燦爛。黑夜就在這燦爛盡頭，隱隱約約，就要跨過線界，大步顛覆掉海面所有的殘光餘影。

「妥當，天就要暗了，看這棵鬼順仔再怎麼變鬼變怪。」阿得反應快，又將船隻佔了上風，和順仔的船緊緊相鄰。

天就要暗了，船隊躁急，很快地全跟了上來。

相同的，一線陣仗排開。順仔再度被團團包夾在肉餡中央。

這下看他怎麼抓土魠？

天色彷彿為了趕時間看好戲，大塊大塊地暗落下來。

「這聲，順仔夠卡鬼，嘛沒時間落跑嘍！」阿得船舵一甩，右臂用力抹了一下鼻子，從容離開駕駛座。

面對這群死攪爛纏，前後夾挾住順豐號的蒼蠅船隊，這下，順仔似乎死心認命了。順豐號無聲無息，似乎沒什麼生機地靜悄悄浮在我們左側，像一頭認命待宰的羔羊。最關鍵的是，天已經黑了，要再變鬼怪，機會已經不大。

天時對他不利，這時，我想順仔應該已經笑不出來了。

話機響了，意外的，竟是順仔發聲。

聽不出是笑著或是苦著臉講，倒是嚴肅認眞的口吻，輕輕細細的聲調，他說：「阿得啊，卡南稍些，我囮仔（網子）眞長，恐怕等下放網相犯。」聽到這裡，阿得喜滋滋地回應：「好嘛，好嘛！」

喊過阿得，順仔繼續喊位於順豐號北側的滿津二號，「清仔聽到，你可能得往北駛開淡薄啊，按呢卡嘟好轉倒（迴轉作業）。」

聽來順仔似乎做了決定，他在切磋鄰船挪開適當距離。口吻雖然有些無奈，但不失溫文有禮。

阿得臉上笑容綻開，這一笑比剛剛才落幕的晚霞還要燦爛。他按照順仔的意，迴船往南邊挪了兩、三百公尺，一邊也呼喊南側鄰船同樣讓開一段。阿得口裡不斷「妥當，妥當，穩妥當」地喊著。他向我解釋：「這下順仔篤定不會落跑了，他決定在這裡放網，才會計較鄰船的相隔距離。」

話機裡吵得滾滾熱鬧。

從順仔要求阿得和阿清挪船開始，只要一船稍動，如同骨牌效應般，每艘船都得跟著這波漣漪蕩開。雖說就那短短每艘船兩、三百公尺開讓，越外圍的，就得隨著挪開越多。天色又暗，下網的時機已經急迫，每艘船聽來都心不甘情不願的。話機裡幹聲連連，只是，對象都不是順仔。

船燈紛紛都點亮了，暗下來的海面似乎收束了天光下看來的鬧弄弄，這一刻，燈和燈之間的距離似乎更迷離、更不容易判定。

天黑後的計較，更像是錙銖算盡，真像是黃昏棲停在樹叢裡，準備過夜而聒噪不定的一群麻雀。

誰說順仔人緣不好？這一刻，所有的紛擾，說穿了就是每艘船都想多靠近他一點。

好了，好了，幾乎經歷了地球開天演化直到生態平衡這麼長的時間，船隊終於摸黑切磋出一個平衡狀態。海天終於靜寂。晚風迎浪濺濺潑在舷際。

撒網時刻到了。

「怎麼，還等什麼？」

往南、往北一列看去，每艘船的船燈仍留在原來位置，仍按兵不動，似乎仍在觀望。

「你不知，兄弟，」阿得坐在駕駛艙，一手扶著油門桿，身子前傾，像個已經跪在起跑線上隨時就要衝出去的田徑選手，他眼睛只顧看著順豐號船燈，頭也不回地說：「鬼順仔若不領先把網子放落海去，誰知他會不會又變啥把戲？這粿順仔干吶鬼咧，你不知。」

原來船隊像是講好了，默契一致，今晚，硬撐著就是要看到順仔率先落網。大家沉住氣，耐心等待，沉默地要來向順仔表明志氣——今晚，跟到底、拼到底了。

我想，虎落平陽，鬼順仔今晚恐怕小鬼碰上眾鬼嘍！

我想，今晚，他一定好不到哪裡去，被船隊夾挾不要緊，眾船連作一氣，是吃定他了。想想看，土魠魚群若隨南流來，勢將先通過他南邊至少十幾艘船、十幾張公里長的漁網的攔擋，之後，剩下的才輪得到順仔。即使半夜翻流（潮向變化），潮水翻成北邊來，狀況不變，北邊一樣十幾艘船、十幾張漁網等著。無論南流或枯流，好機會看來都輪不到順仔，就算他有不得了的好運氣，我看，順仔頂多也只能撿眾人抓剩的漏網之魚。在大夥的圍剿下，看來順仔再鬼都一樣，這一晚他肯定沒戲唱了。

「你不知，兄弟，鬼順仔有他的一套，」阿得並不完全同意我的判斷。他一臉陰森地說：「這情形不是第一次，過去我們一樣這麼圍過他，順仔變魔術相款，照樣抓第一。」

「這如何解釋？」

「不知咧，有人說掠漁人賺的是天公仔錢，人算總不如天算，海底道理識不盡，也想不透，土魠魚好像不單單是從左、右邊來，常常，土魠魚好像就衝著鬼順仔那張網子來。」

「難道土魠魚從水底冒出來？」

「我也不知，兄弟，跟在他身邊的幾艘船，多少分他一點福氣，還都有不錯的收穫，圈子外頭那幾艘就可憐了，一晚上辛苦，網到的不過是汗水和海水；頂多零星瘦巴巴一、兩條魚，留給自己配菜都嫌不夠。」

終於，鬼順仔船尾燈點亮。

掃罟船作業，通常點亮船尾燈用以告示鄰船——本船即將下網作業，保持距離，請勿靠近。

順豐號船尾燈一亮，像整排路燈同時切上了開關，眾船不約而同，放心地也跟著點亮了船尾燈。

漁場海面跳亮起整排燈火。

天色濃稠昏暗，船隊相互間僅能憑藉船燈來認知彼此船位。

一盞紅燈母雞下蛋一樣，從順豐號船尾拋落海面。

「是了，那就是了！」阿得彈了一響指頭說：「鬼順仔終於認命甘心下網了。」

順仔拋落船尾的紅燈是漁網網頭標燈。

順豐號的船燈，自落海的紅標燈處，東南向斜斜衝出。

這情況已經鐵打確定，如鐵水灌入模子般的穩當，順仔確定已經東南向下網。海面留下一盞他紅色的網標燈水面浮晃。

輸人不輸陣，大家有樣學樣，船隊紛紛母雞下紅蛋，將漁網紅標燈拋落船尾。眾船動作劃一，從東南向衝出，開始落網。

「妥當啊，穩、穩、穩，穩妥當啊！」阿得信心十足地喊著：「就怕他變鬼變怪堅持不下網，只要他漁網一落海，整個情況就會如抆豆油般穩定。」

阿得囑咐我將漁網紅標燈旋亮，拋落。船隻驅動，阿得模仿順仔船隻奔出方向，東南向驅動。置放於後甲板上的漁網滾碌碌地隨船隻奔走，紛紛受拖拉如坍塌的土石流，揚揚奔出船尾。

阿得喊我讓一邊去，他回頭盯看著漁網紛揚奔出。落網必須異常小心，網絲纏黏，掃到什麼，什麼就不得不跟著一起下海，那拖拉之勢無人能夠抵擋。

原本滿載漁網的後甲板，如滿腹腸穢和委曲，拖拉盡出。幾個鐘頭下來，糾纏的鬱卒，都在這一刻爽快落海。另一頭，拋下網具的綠燈網標，船隻擺脫了重負，俐落輕巧地迴個圓彎，完成放網。

阿得深重地喘了口氣，兩掌手指交叉外翻，挺力一伸，霹霹啪啦兩掌指關節隨著發出如掌聲的兩串碎響。他挺了挺胸膛，頭頸部爽快地左右卡啦一甩。今晚，應該十拿九穩。

「啊？……啊！」平白無故的阿得像是受到一記重擊，忽然一高音、一低音悶喊兩聲，臉色瞬間翻青。好像看到鬼咧！

好光景對阿得竟然如此吝嗇，只給了他十幾分鐘的得意。

阿得兇狂奔出駕駛艙，檳榔樹青阿叢相款，直直立在船尾，兩眼不信邪地瞪看黑幽幽的海面。

干呐看到鬼咧！

左右看去，眾船的船燈及前後兩盞網標燈都在，沒什麼異樣，海面碌碌攘攘一片熱鬧。只是，原本該是順仔船燈的位置，竟然黑漆漆一片。轉個頭看，也尋不著順仔原本抛下海面的那盞網頭紅標燈。

「奇怪，難道鬼順仔鬼一樣的天黑後還能生變？」我心裡想，但一時無法明白究竟發生了什麼事。

這時，我只大約知道，順仔、順豐號，以及他放落海的一公里長網，忽然間都蒸發消失了。

「啊……幹！」阿得氣急敗壞地衝回駕駛艙，一把搶起話機就喊：「順仔聽到，順仔聽到……」

自然沒有回應。

「卡好心咧，順仔……」鄰船也紛紛加入呼喊。

「順仔，叨位去啊？」

「順仔……順仔……」

越聽越像是歌仔戲聲調，上演的是一齣郎君絕情女性恨別離的戲碼。不只阿得這艘船，幾乎是一船一聲嘆、一聲哀，都是淒苦的呼嚎。

有什麼辦法？網子都已落海，就算知道順豐號的船蹤，也已無可奈何。

無論怎麼呼、怎麼喊，也喚不回順仔的一點回聲。

不只阿得，我想，大家都已明白發生了什麼事。

整個船隊都被鬼順仔戲弄，都被鬼順仔放捨啊！

後來我才明白。鬼順仔先是佯裝今晚選定這個海域放網，故意放慢船速，放慢動作，讓所有蒼蠅船隊營營跟來。接著，他好言計較鄰船距離，讓大家放心，以為他將在這裡放網。船尾燈點亮，是陷阱的第二步。第三步，他放落紅色的網標燈；天色已黑，又有距離，誰會曉得順仔放落的網標燈並不連結他船上的漁網？這盞空標燈不過是引誘眾船下網的假訊號。他又假意放網衝出，眼看眾船都上當落網，趁大家專心放網漸去漸遠，順仔掌握這時機，悄悄關了船燈，回頭海面拾起那盞空標燈，關了所有燈火，摸黑暗地裡莎喲哪啦，遠走高飛。

啊！講起來實在冤枉，用心計較老半天，不過望想今夜陪伴君側，哪知良心這般狗咬去，轉頭作你去。

「咿、咿、咿、咿……」當明白是怎麼一回事後，整晚，我腦子裡都是歌仔戲、哭調仔吟聲。連船邊水聲都化作「咿、咿、咿、咿、咿……」

阿得白眼大大顆，積倚著船欄像生了場大病。

又能怎樣？漁網已經落海；即使立刻收網也得耗費至少半個鐘頭；到時，順仔天邊海角哪裡去尋？

除了心底挫幹譙，目睜睜人嚴重，又能如何？又能如何？

那晚，阿得都不講話。

那晚，我們只抓到一條瘦巴巴的土魠魚。

我終於明白，爲什麼順仔總是眼睛一條縫瞇著。

3

—死死去—

不曉得死去幾回後才終於活過來，
雖然說暈船不是病，
但我『死死去』的經驗的確像是死去活來，
像在地獄裡繞一圈，幸運能夠回來。

不曉得死去幾回後才終於活過來，雖然說暈船不是病，但我『死死去』的經驗的確像是死去活來，像在地獄裡繞一圈，幸運能夠回來。

小貨卡紛紛倒車進來，「逼、逼」倒車聲喧喧嚷嚷。吵吵「匡噹」幾響，貨車攔板卸下，車尾恰恰頂住拍賣場平台。

如一艘甲板從來不曾乾透過的勤快漁船，午後，拍賣場水泥地才稍微風乾，漁市又開市了。

卸魚碼頭像是塗了蜂蜜黏膠，吸引嗡嗡鳴著引擎進港來的漁船，一艘艘黏靠過來。出航，船隻如落葉隨流水漂向外海；潮汐幾番漲退；如今，又一葉葉漂了回來。差別在於漁艙變得實實滿滿，舷外，吃水線深了。

漁獲從船艙搬卸到拍賣場，過了磅，討海人從漁會職員手中換回來的，不過是一張菸盒子大小、薄得不能再薄的漁磅單。

如一刀切割，這一刻開始，漁市場就沒有討海人的事了。

拍賣場的熱鬧才要登場，對採捕獵人來說，熱鬧卻已經過去。討海人和漁獲在海上氣連著氣的拉拔；一條漁繩甲板上和水裡的兩頭掙扎；漁艙裡「咚、咚」響著海上腥鮮纏綿的節奏；討海人滴進海水裡的汗滴，魚隻濺在舷邊的血水，都隨著湍湍潮水去了……這些，如今只剩下漁磅單上零落組合沒什麼生息的少數幾尾阿拉伯數字。

汗濕的討海人，如清空了漁艙徒留濕滑甲板的漁船，都成爲這場漁市熱鬧中寂寞的背景。

磅過魚，場子裡堆擺了魚後，知偉回頭看了一眼他擺在場子中央的漁獲；聳了聳肩；像是鬆了口氣，又幾分像是嘆氣。別過頭，知偉走出拍賣場。

大塊的、鬼順仔這兩位討海老仙角，早已退場坐靠在場子邊傍海這側的矮牆上。他們習慣依海，如船隻一樣，以海爲背景才能襯托他們的存在。

大塊的整個人坐上牆頭，曲腿翹腳面向場子抱胸抖腿。鬼順仔個頭較小，兩隻手肘撐靠矮牆托住下巴。他們都等著場子裡一齣戲將要上演，但他們已經不是主角。

知偉走過來，他是這港腳年紀最輕的討海人，這流海又抓得漁艙八分滿，算是這天幾艘漁船中收穫最好的一個。拍賣開始前，知偉掏出香菸，躬著腰，遞一根給鬼順仔，一根給大塊的。討海靠技術、靠經驗，但最主要靠的是勤快；如鬼順仔說的：「海底吶浸透透，魚仔自然滿艙內。」但偶爾會像一場賭博，像老天爺開了玩笑，偏偏輸贏靠的只是手氣。

滿載後的謙虛，知偉多少懂得。

點了菸後，知偉抵身斜靠矮牆。三股菸煙各自汩汩吐著，等待的這段時間，三個人似乎各有心事，沒有太多話說。

矮牆如一條線界，分隔著牆裡的熱鬧和場子外的冷清。如碼頭堤岸劃開來，海與岸是兩個不同世界。

他們三個各自將眼光瞅向場子裡，有些憨愣。漁獲像是他們的心神，清艙後，魂魄也被掏空了。

海上奔波一趟歸來，說現實點，誰不牽掛這趟辛苦究竟值多少價錢？海裡流的汗，如鹹鹹苦苦的海水，多少還能幾分掌握。一上了岸，好歹運就如離了手躺在場子裡等候裁決的漁獲。

場子裡腥滑黏膩，拍賣員帶著一群漁販圍住擺在場子邊的第一堆漁獲。哨聲響起，拍賣開場。「嗶、嗶——」兩聲一短一長，扼要響出「安靜」、「注意」，拍賣員擅場的權威。

喊價開始前，參與競標的漁販們，照例先對躺在地上已經不能講話的漁獲，來一陣刻薄的品頭論足——不是太粗絲就是無油分；不然，小的嫌稚、大的嫌老——還沒拍賣就先來一陣洶洶砍殺。說得好像他們這些討海人出海就專門抓些不三不四的魚回來；也好像說，上等漁獲討海的都私藏己用，儘拿些下雜的出場來賣。難怪，大多數討海人擺了魚後就認命地離開，少數如知偉幾個人，也都在拍賣還沒開始前就識趣地離得遠遠觀望。不是他們不關心魚價，而是如大塊的所說：「無聽無氣，省得氣死驗無傷。」

知偉看來頂多三十五歲左右，但討海經歷足足超過十五年。六兄弟中，知偉排行老么，家裡只剩他一個，繼承他阿爸留下的一艘船在海裡捕魚。每次拍賣時，知偉的阿母經常隨著漁販繞在場子裡。不只一次，他阿母帶著幾分驕傲及疼惜的語氣，向漁販說起他們家知偉，無論認識或不認識，她總會說：「這堆魚啊，是我們家知偉抓的，阮這個囝仔實在眞骨力……」若一旁聽故事的沒走開，他阿母會繼續說：「像是趕著來過年，就在豬年年尾的除夕夜，大家圍爐時趕著來吃年夜飯，阮厝內攏喊他『豬尾』……」他阿母嘴裡說的雖是知偉，但眼神始終看的都是知偉擺在場子裡的那堆漁獲。

知偉好幾次跟他阿母說：「勿要啦，阿母。」沒想到他阿母說：「選舉靠宣傳，骨力做嘛嘟骨力講。」也許投標和投票都有個「投」字，她阿母認爲，加減講對漁價多少有些好處。

知偉是村子裡少數還願意留在海上討生活的年輕人。論眞講也沒算錯，炎夏火燒埔漁事淡季，知偉跨船去當賞鯨船船長；秋風後魚群來了，也恰好賞鯨季節告一段落，他又回到閒了一季的漁船上伸腳展袖。總是甘願作、認眞作，知偉是個全年無休、漁村裡新一代的少年漁郎。

難得的是，在賞鯨船上，他能夠跟遊客們談些關於環境、生態方面的話題；捕魚回到港邊，他也能跟這些老討海、老仙角們大碗公喝酒。偶爾粗來粗去一兩聲恰到好處的「幹」，顯現出討海少年郎的豪爽和老成。像村子裡偷偷說的——「不簡單，這少年郎，老的、小的、山頂的、討海的，他都能相處。」說起來眞像鬼順仔的酒品，豪飲可以，也能守齋守戒似的滴酒不沾。海洋的深度和廣度，知偉算是有深刻的體會。

拍賣場上，又兩聲哨音響起，漁販們紛紛圍住了屬於大塊的那堆漁獲。

大塊的生做漢草，動作起來可一點也不像表面看來的鈍憨。終於輪到他的魚了，他手一撐，少年郎一樣活跳跳，身子裝了彈簧似的，從矮牆上倏地站了起來。在高高牆頭上遠遠觀戰。

不料，起價就低得沒行情。

拍賣員吟著開標後便停住的低價，如單鳥孤鳴，久久沒人喊標添價。

他起了個價，不過是點著了如牙籤般細小的一根火柴，若沒人添薪加柴，空燃著的火柴沒幾秒鐘就燒到了燼尾。

拍賣員吟價時舉著的手臂，腕關節如鷺鷥的頸子，五根指頭低垂著如伺機而動的鳥喙，若有人添價，那指喙就會活過來似的啄了出去。拍賣員口裡吟著、吟著，眼球溜轉，冷冷探循著漁販們的臉色，好像在說：「來、來，加減添個價……」

等著、等著，久久等著，拍賣員那隻鷺鷥手如僵死了般動也不動。漁販們似乎不領情，像是隔著距離觀看一個街頭藝人並不怎麼精彩的表演。

拍賣員的獨唱聲漸漸中氣不足，越吟越低，難以支持了。他久久舉著的手臂，漸漸也乏力了。

大塊的一時心急，站在牆上用他大塊的聲調大塊的喊出：「看，活跳跳，青跤跤哩！來喔，活跳跳，青跤跤。」

這聲喝喊，惹得整個場子都轉頭看他。

如晴空雷鳴，不過短短幾秒鐘錯愕，一下子停頓。

場子很快轉頭回去，拍賣繼續。

一樣沒人添價。

不能昂起，只好垂軟。

拍賣員吟聲連降三階，才惹出角落一位漁販同情，愛似不愛的，稍稍揚了個手勢。算是投標。

得標的這位漁販隨即別過頭，好像他的下標只是爲了「歹戲勿要拖棚」。

就這個價了，再衝、再撞也無法改變已經拍板定調的裁決。

散戲。

拍賣員一鬆手，大塊的動作和神情彷彿聽命於拍賣員的手勢，鬆垮的、失勢的、癟縮的，黯黯然地坐回他的牆頭。

一旁的鬼順仔擅長於寒天裡吹冷氣，大塊的才頹頓坐下，他隨勢趁隙立即就補上一句：「哇，死翹翹。」

連接大塊的和鬼順仔的話，整個過程恰像是一波浪濤湧過船舷——陡波才昂起的船艄，沒幾秒鐘停頓，立即俯艄摔下波谷——看！活跳跳，青跤跤；哇！死翹翹。

大塊的原本曬得黑黝黝的臉龐，這下翻落成一塊烏紫，如一場風暴前夕懸在天際的藕紫歹色，像一塊死翹翹早已壞死的豬肝。

知偉機靈，爲這下僵住的氣氛，爲大塊的頹喪，也爲了緩和鬼順仔有意無意的奚落，他順著「活跳跳、死翹翹」的勢，硬是給轉了個話題。

知偉說——

去年年底，兩位都市來的記者朋友說要上知偉的船，爲的是採訪海上捕魚作業的情形。他是同意了，但還是勸他們考慮下回再來。

要跟船採訪的話，春天、夏天、秋天都可以、都歡迎，就是不要在冬天的時候。冬天海上颳的盡是東北風，東北風與南流湧結冤仇，像拍岸浪濤與海岸永遠無法化解的宿仇。每年這季節，他們倆相邀海上較勁比劃。這場較勁，夠瘋夠勇，又風又湧的。要不要等開了春，四、五月再來，那時他們拼了一季後都乏力了，那時才可能風平湧平，那時再出去卡妥當。何況漁事作業又不能半途折返……

沒料到，兩位記者朋友攔了話，插了嘴問：「幹嘛折返？」

知偉將「暈船」的現象、感受、畫面、經驗和苦痛，儘量用比較含蓄、文雅的說法說明：「簡單講，用比較人道的形容。」都一一慎重地說了一遍。

兩位朋友聽了後，拍了拍胸脯，一副好漢模樣，昂了昂下巴，笑著說：「不會的，又不是沒看過世面，又不是沒見過大風大浪。」

要是再堅持的話，我想恐怕就會被誤以爲不歡迎他們上船，或者被說成討海人傲慢、愛牽拖。只好節制、客氣地說：「漁船設備不好，恐怕會很辛苦。」

跟船那天，船隻不過才航到港嘴，北風浪像一群頑皮的孩子守在港嘴。一看見知偉的船，像茫茫大海終於尋著了一艘玩具。北風浪歡呼笑鬧的群擠過來，緊緊攀抓住船舷不放。像遊戲場看到那樣，幾個霸住左舷，使勁地搖；有些攀掛在右舷，使勁地晃；有些還潛入船底，哄笑地扛。船隻還沒確實出海，回頭看時，船上兩位記者朋友的臉色已經白損損。

這時，停了船，知偉回頭問：「要不要？現在回頭還有岸，等會出了海，就一整天才回得來。」兩位朋友可能岸上胸脯拍得夠力、夠響，話說得太高、太滿，形成了這臨界點上回不了頭的氣氛。不得不，他們得繼續展氣魄、顧尊嚴、當好漢。牙一咬，他們回答說：「走，應該沒問題。」口氣明顯不如出航前那般明快，那般堅定。

知偉是個細膩敏感的人，不可能聽不出他們話底的虛實，他善解人意，儘量不傷人尊嚴地作了個返航的下台階說：「今天的海況極度惡劣，我自己都沒把握會不會暈船，下回隨時來、隨時歡迎……」語氣像個溫柔的情人。

兩位朋友那天不知是吃了什麼富含鐵質的早餐，如此鐵了心、鐵了齒地說：「還是走好了，應該撐得住。」

船隻離了港後，海面白浪濤濤綿綿直逼天際，那天邊低矮的灰雲，像是受不了海上浪濤的啃蝕，拔腿奔走。船隻失去了堤岸的護持，如一個襁褓中的嬰孩被棄置於荒野，像一頭孱弱稚嫩的幼羊被丟入在狼群中，北風浪不再只是一群頑皮的孩子，那舷邊撞過來的一波一浪，都是一爪爪湧湧推推實實在在的巨掌，都是一波波能夠將海藍掀翻成白沫的魔爪。一推一湧，又推又湧的，每一下都拼了命，每一下都齜牙咧嘴企圖拆解船隻似的，如此的揉弄、這般的揉擠。不斷地、不斷地糟蹋著闖入深淵、落入泥淖的知偉這艘小船。

稍稍撐過了大約出航後的前半個小時，船隻還在水路當中，知偉回頭看見兩位朋友中的一個，跪在甲板上掙著、爬著；「不騙你，」知偉說；那位朋友一手摀著嘴，臉腮像貪吃的猴仔鼓鼓脹著，他單手、兩膝掙著爬甲板；爬進兩步，船隻側傾，那位朋友身子一伏又滑退一步；像一隻掙著爬屋頂的三腳貓；步步搖晃，步步辛苦。不過十尺寬的船肚，那位朋友足足爬了五分鐘才如願掙到舷邊。「接下來的畫面很難講得清楚，」知偉說；那位朋友終於掙到了舷邊，像個幾夜無眠疲憊不堪的人，終於趴到了床鋪，整個人軟骨症似的折腰撲掛在船舷上，像一叢披晾在竹竿上的邋遢鹹菜。舷外那頭，早已旋開了一只至少3又3／4吋大口徑閘閥，那位朋友將胃裡富含鐵質的早餐，一滴不剩的，全嘔了出來。

另一位閉著眼，勉強忍著，苦苦撐著，臉色白損損轉為青踜踜，眉頭皺得可以夾死一隻滑翔中的飛魚；他一手像抓著救生圈般緊緊抓著另一側舷板不敢放，是準備好了，準備隨時都能撲掛上去的姿勢。和前頭那位一樣，恐怕洩露什麼重大秘密似的，他另一隻手簡直像防塵、防毒、防SARS口罩般，密不透氣地緊緊摀住了半張臉。

知偉是過來人，他曉得接下來將近十個小時的漁事作業，對船上兩位朋友來說；「一點都不誇張，」知偉說：「簡直生不如死。」

知偉勸他們穿上雨衣。

小漁船的空間和設備的確簡陋，只能安頓他們穿上雨衣，在中艙甲板上躺著過渡。

「沒辦法，」知偉說：「雨衣當然不只是爲了擋雨，也不一定是擋浪。」

「該怎麼形容好呢？」知偉搖了搖頭說：「怎麼形容那天的淒慘……」；他的口氣好像即將說出一段駭人的血案。

那時，他們兩個躺在中艙甲板，看時間已經渡過整整六個鐘頭。六個鐘頭裡的每一秒鐘都在搖晃，每一秒鐘都確確實實跟他們倆過不去，每一秒鐘都無隙無縫的淒慘折磨著他們。兩位記者朋友顯然已經暈得失去了體力，失去了自制能力，這時，尊嚴老早就吐光了，鐵齒也早就被胃酸給融化了。船隻受浪傾側，他們像兩棵甲板上的圓木，一下這邊滾；浪一翻，又滾到那頭去。免不了的，這樣的風浪會有些浪花潑濺到甲板上來，甲板上早已濕答答一片。幸好穿著雨衣不要緊，只是，只是他們還渾身黏嗤嗤、臭腥腥的。

「天啊，」知偉深呼吸兩下，停了一下繼續說：「他們連爬起來到船舷邊嘔吐的能力都已喪失，啊！最深層的地獄、最悽慘的酷刑也不過如此。」

他們就讓嘔吐穢物，緣著嘴角，如螃蟹冒泡似的不停涎垂到甲板上來。他們又像滾麵桿似的，在這些濕漉漉、泥濘濘、黏稠稠、酸腐腐的嘔吐物上頭，一趟來、一趟去；滾麵皮似的；一趟去、一趟來，停不住的碾滾。

他們混身桿著海水加唾液加胃液。屬於液態的應該還有些鼻涕、眼淚和膽汁；屬於固態的就太複雜了，簡稱「吐屎」；屬於氣態的，譬如尊嚴、氣魄、膽識等等……全都大雜燴攙在一鍋子裡熬。

「淒淒、悽慘，」知偉說：一遍又一遍的，他們倆的身子好比早餐桌上貪婪、乾燥的兩片土司，先是塗了點淡黃奶油；不夠，又抹上些褐紅果醬；不夠、不夠，再加點土黃色花生醬。最後，還加上一點綠慘慘的芥末醬。如此不計腥酸鹹苦，如此無論大鍋炒的混沌口味，如此一層又一層地塗抹成疊合式、複合式的超級厚片土司。

「看過『異形』電影嗎？」知偉問：「他們倆眞像是異形電影中那些黏魑魑、噁腥腥的蟲繭。」

「不人道？是喔……」知偉解釋說：「有什麼辦法？小漁船就中艙那段甲板可以躺，而且，你又不是不知道，暈船又不是安慰兩句，或者拍拍肩膀表示關心就能減輕症狀，減少彷如死死去的痛苦感覺。」

「聽人講，暈船無藥醫，」知偉說：「暈船英文叫『sea sick』，眞奇怪，就像河洛話咱在唸『死死去』；若說暈船的感覺，咱講的『死死去』可能更直接、更接近眞實。」

那天，好不容易熬到傍晚；那天，好不容易渡過；終於、終於傍晚時分回到了碼頭。船隻才靠岸繫妥，知偉一回頭；「說起來很難相信，」知偉說；他們兩個已經脫去了「蟲繭」，羽化了一樣，好端端的，沒事似的跳上了碼頭。

聽說過暈船不是病，也聽說過「海上一條蟲，岸上一條龍」，但他們倆這海與岸、蟲與龍的差別也實在太大了。若跟人講他們海上暈成死死去那樣，一定沒人愛信。

彷彿海上補眠睡飽了，一上了岸，他們竟然活跳跳又是好漢兩條。

不只如此咧，聽聽他們怎麼說——

「哇咧！」竟然在相比。

「我吐七十八次，你呢？」

「我啊，差不多一百零一次……」

「哇咧！」如陸地的穩固，岸上硬成這樣；如海洋的軟動，一出了海一百八十度軟成那樣。

「哇咧！」海上替他們煩惱，看情形以為不死嘛半條命，沒想到，上岸還有心情比狼狽。

知偉講過「死死去」的事，大塊的臉上恢復了些血色，他說：「我從來不曉得暈船生作啥款。」

大塊的生做漢草，粗壯、粗魯，下巴滿滿鬍渣像只洗鍋用的棕刷，眼窩深沉，顴骨高突，講話好比雷鳴，個性粗獷像個野人，所以被叫作「大塊的」。有人講，這款人是反應比較遲鈍，生理較不進化的原始人。這款人不會暈船，即使暈船也不會暈得死死去。

這空檔，大塊的可能又想起拍賣的不愉快，他大喉嚨地吼說：「那些山頂人就是無法瞭解海底事，咱拼風拼湧辛苦抓的魚，竟然輪到讓那些不識海的山頂人來論價。」

「咳、咳」鬼順仔輕咳了兩聲。不知是同意大塊的說法，或是提醒大塊的別再提那不愉快且無法掌握只能任人宰割的事了。

大塊的粗莫粗，不是不懂，稍稍轉了個彎回到了「死死去」的話題。他說：「暈船啊，勿要牽拖；山頂人愛牽拖，總講一句，身體壞啦！」

「勿要在那展體格，」鬼順仔又朝大塊的吹了口冷風：「正常人誰不暈船？你不過神經卡大條，神經線絞無緊。」

「鬼順仔伯，你這樣的老仙角也會暈船？」知偉問。

「我是正常人……嗯，文明人，」鬼順仔眼角瞄了大塊的一眼，繼續說：「我不是粗魯人，當然也暈，而且還暈得厲害咧！」

「嗶、嗶——」場子裡哨聲又短促兩響。

這回輪到鬼順仔的魚了。

「魚價和暈船一樣，又不是關心就能改變。」鬼順仔說：「隨在他去，聽我講古卡實在。」

——

不曉得死去幾回後才終於活過來，雖然說暈船不是病，但我『死死去』的經驗的確像是死去活來，像在地獄裡繞一圈，幸運能夠回來。

阮阿爸討海起家，我十五歲那年，阿爸終於買下一艘漁船，自己終於當了船長，當船頭家。那個時代，討海是個通人欽羨的好工作，呐骨力討，討海的收入平均高過一般公務員。一艘船認眞討掠，足以讓一家子過得無煩無惱。所以，初中畢業那年，阿爸就要我上船學討海，當他的海腳。

出海幾趟後，我跟我的船長兼阿爸大人表達不想繼續討海的意思。不是不願意，也不是吃不起苦，就是暈船暈得厲害，暈得死死去。阿爸板起臉孔兇狠狠地回話說：「吶別人家要來做我的海腳，還得送隻閹雞來討好，你這個囝仔，竟然不知好歹。」

沒辦法，一再暈船讓我覺得像是患了無藥醫的慢性病，病了又病，越病越重，感覺永遠也好不了。每天不得不勉強打起精神出海工作，簡直像是叫個癌症末期的病患，每天拿著鋤頭去寒雨田地裡耕作。每天、每次暈船，我趴在船邊吐得膽汁都嘔出來了。好幾次，我都想就這樣跳下海去，一了百了。也想，唯有如此才可能徹底解脫。

每次海上回來，我抱著床上的棉被虛軟地趴在上頭，啊，什麼青春活力，什麼少年郎三把火，什麼初出社會的豪情和壯志，全都吐在海裡，耗在海裡了。回到岸上，就剩虛弱殘餘，已經吐光沒有任何內容的一個空殼。眼睛一閉，整座床鋪像漂在風浪裡的小船，終夜搖個不停。我甚至懷疑上岸剩下的這縷遊魂，還撐得了幾次出航？

阮阿母看這樣下去也不是辦法，她過來輕輕拍撫我的背，溫柔地說：「如果眞的不能適應的話，就在岸上找別的工作好了。」

聽了阿母這樣既理性又溫柔的安慰，已經枯槁的枝頭，像是重新吹起了一絲春風，我心裡燃起了一點希望的火光。

阿母繼續說：「但是，無論如何，聽我的苦勸，再試一次。一次就好。聽阿母的，再試一次。」

還有什麼理由拒絕？還有什麼話說？若再試一次都不肯，未免也太不懂事了。

隔天，試一趟下來，回家後，照樣趴住棉被。這次不只床舖，連天花板都加進來攙一腳，都天旋地轉地眩了起來。阿母又過來了，一樣輕輕拍撫我的背，溫柔的安慰。以爲她接著會說，那明天就別再去了。

沒想到，安慰過後，阿母這樣說：「眞的，明天再試一次，再試一次就好，不行的話，眞的就上來找別的工作。」

一天又過了，海上的情況依然一樣死死去，岸上的情況也仍然一樣的暈眩和一樣的安慰。同樣的，我又點頭答應阮阿母，再試最後一次。

生命彷彿只剩一口氣在，又不得不攤在甲板上搖晃，癱在船舷邊嘔吐。海上什麼事都不能作，眞像是專程出海來破病似的，眞像是飄搖在風裡隨時就要熄滅的一盞燭火。

每趟出海每趟吐，感覺吐又吐不暢快，總覺得一團雜穢淤塞在心頭，胃底像一袋酸腐的餿水，腸子簡直像一條堵塞的臭水溝。我那老船長阿爸大人，看我暈得死死去，也不過是板著一副瞧不起的臉孔，當我不存在船上似的。從來沒有說過一句安慰，從來沒有給過一次好臉色。

再也受不了了。

聽阿母的話也試了不下十來次，我心裡想，聽一次船長阿爸的試試看。也許他老討海的懂得些撇步。

記得那天，我癱在左舷邊，才吐完了這趟海的第五回，阿爸剛好走過舷邊。我一轉身，用最後的一點氣力，強強伸出一隻手和一隻腳抵住艙牆，就是要攔住阿爸。

阿爸被這一攔，除了一貫的嚴肅外，他愣了愣，下嘴唇動了兩下，出現了從來不曾在他臉上看見的表情。

豁出去了，存心無論死活的最後一句話，我向阿爸大聲喊：「爸，步數教一下，怎樣才能不暈船？」

阿爸仍然一副老討海人的陰沉、一副老船長的架子，想也沒想，冷冷又不耐煩地說：「冷卻水接一盆飲下去就會好。」

別笑。引擎冷卻水咱曉得，通過了引擎後的冷卻水雖然溫溫熱熱的，但多少從引擎裡帶了些油沫，帶了濃烈的油味。我不是不曉得那不能喝，也不是不曉得阮阿爸說這話的意思。

聽了阿爸的話，賭一口氣，我當眞從舷邊衝了起來，拿了水瓢，俯下船舷，接了滿滿一瓢冷卻水，至少半加侖。我心裡想，反正也是生不如死，反正死馬當活馬醫，早死早解脫。頭一仰，呼嚕、咕嚕的，將一瓢冷卻水一滴不剩全灌進肚子裡。

幾個海腳看見了，搶過來要阻止，都被站在一旁的阿爸攔住了。

這一瓢別說是油味嗆鼻的冷卻水，就是乾乾淨淨的海水這麼個喝法也要喝出問題。何況，暈船的人最畏懼的就是那油味。那滿滿一瓢一滴不剩地都喝下去了，啊，再怎麼不暈船的粗魯人喝了那樣一瓢，神仙也要變鬼差。那已經不能叫嘔吐。之前的嘔吐若要和這次相比，大概是小水池、小噴泉對比「你家那塊大破布（尼加拉瓜大瀑布）」。

記得我兩手扳在舷欄，嘴巴完全開張，大概塞得下一粒文旦柚。一道混雜著各種顏色的長虹，從我張開的嘴裡，一條寬頻弧線連接到離船至少兩公尺海面。「嘔吐」、「抓兔子」、「撒誘餌」這些詞都不夠形容那場嘔吐。簡直是噴的、潑的、灑的、洩的、出清的、傾倒的、跳樓的、徹底的、把腸子骨髓都吐出來，而且，源源不絕。

三分鐘過去了，我仍然佇在船邊，眞像是新加坡港邊那頭噴水獅子雕像，繼續噴泉。

記得彼當時，船邊水色都變得濁滾滾的，好比颱風後的溪口。

這時，阿爸終於打破沉默，慢慢說了句：「吐出來就好，吐出來就無敗害。」算是我暈船以來，阮阿爸說過最類似安慰的一句話。

聽醫生說，「死死去」是正常生理現象——我們身體裡面有兩根掌管平衡的神經，叫耳後平衡神經，因爲太久都待在穩定的陸地上，耳後平衡神經會失去彈性，變得僵硬，變得不堪搖晃。像一瓶已經沉澱的濁水，不堪稍稍搖動。

說來趣味，就那次暢快的吐過後，竟然不再暈船。

也不曉得是否眞是冷卻水的效用。

——

討海人不是不會暈，是爲了生活硬撐過來的。

知偉曾聽過一位討海老仙角說，「一陣子休息沒抓魚，一出海，照樣死死去，有時還暈得像個沒出過海的山頂人。」只是，暈照暈，船上的工作照樣得作。不得不，除了少數以外，討海人不是不會暈船，是暈過來，死過去，又活過來的。他們不是不怕，只是知道怎麼適應，怎麼撐，怎麼過渡。

知偉年輕還跟船時，有一次看到掌舵的老船長在風浪高聳的黑夜裡，也不避諱的，大大方方就在舷邊嘔吐。只是嘔吐過後，袖腳往嘴角、眼角一抹，那天船上的工作，他一樣也沒少作。

講著、講著，講出「死死去」的趣味來了。

這時，他們三個聾了一樣，已聽不見場子裡的哨音，忘了辛苦必須値多少「價錢」。辛苦有時也會轉個彎，只爲了「趣味」而已。

知偉問大塊的：「是不是這樣？我聽說過『粗勇的不知暈，細秀的吐到翻。』」

「是啊，是啊，都是這樣，無啥差錯。」大塊的挺了挺胸脯說。

「去年夏天，我開賞鯨船，」知偉續攤發言，他又說了個賞鯨船上發生的趣味。

每天，船隻開到賞鯨碼頭，遊客陸續登船，我從駕駛艙窗口居高臨下看著遊客一一從碼頭踏進船舷。這時，我會觀察登船中的遊客，一邊，我心裡自然會出現這樣的聲音──「這個會暈……這個不會……」──像剛剛我們講的，遊客從外貌上大致分得出粗勇型及細秀款的。

那天，兩輛黑頭仔車洶洶開到碼頭上來，一位穿筆挺制服，戴白手套的司機先生匆匆下了車，搶先繞到車子右後方，躬身開了車門。這排場，我想，車子裡的人應該大有來頭。

沒想到，先探出黑頭仔車車門的，竟然是一隻晶熾熾的黑色高跟鞋。隨後，伸出一條白皙美腿。接著，帶出來的是一身錦繡旗袍。

整個出場過程像慢動作花開，每個動作都帶著角度，恰當的分配在每一格延伸的時間裡；啊！每個動作，都婀娜多姿。我不再觀察其他人了，她的每個姿勢，都滿滿映照在我瞳孔的每一張底片上。

隨從們都已下來車門邊攙扶，扶扶捧捧的，像我們在舷邊起一條論兩賣的尊貴白肉旗魚那般，那麼輕腳細手的對待。

啊！眞正細秀。

整個碼頭，甚至整個港腳，這一刻都安靜了下來，像是安靜地等候日出那一剎那，靜靜等候暉光豔影的出場。

終於，超過三分鐘後，終於給婀娜了出來。

但我短短只看到了長髮披肩，好比那電視洗髮精廣告明星一般。她的頭嗯哼一甩，無比柔媚。瀑布一樣的秀髮簾子，立刻遮去了她美麗的半邊臉龐。

碼頭還沒站穩，幾個隨從幾把傘花，紛紛像春天的花蕊盛開，讓再怎麼無縫不鑽的陽光，也尋不著一絲縫隙瞧個仔細。陽光和反射陽光的整片水波都嘆氣了。

攙攙扶扶，傘花蔽天遮地，就連拂上碼頭的海風，也尋不著縫隙親近這位美女。

彷彿聽見鑼鼓熱鬧，美女被供奉迎入艙裡。

船艙裡這麼一位細秀美女在座，那天開船，手心底像是捧著一塊晃不得、震不得的嫩豆腐，感覺船艙裡養了一叢曬不得陽光、吹不得風的嬌嫩鮮花。我心裡想，一定得放慢船速，每個彎轉都得設法讓船邊沒有波折和漣漪。

如此小心翼翼，我將船隻穩穩駛出港口。

那天天氣無比清朗，海上藍澄澄，水波難得和緩柔順，整片海平灘灘，像一鍋潭水。多情的海洋，也爲了船上這位美女，破例抹平了它臉上的皺紋。

啊！多麼愉快、多麼浪漫的一趟航行。

出航後大約不到半個小時，一位船員慌忙跑進駕駛艙跟我說：「不行，我看不行，船艙裡有位遊客暈船暈得死死去，我看，立即返航卡妥當。」

怎麼可能，我心裡想，百年難逢如此海波平靜，千載修爲才有機會與如此細秀美女同船過渡。眞是，誰這麼煞風景，這麼不識趣？

何況，死死去畢竟只是形容暈船的感覺，從來也沒遇過暈船暈到會出事。念頭一轉，會不會是遇上了心臟病發作這類麻煩事？這是載客的賞鯨船，總是不比漁船。船長責任在身，還是謹慎一點好。

我將船舵交代給船員，匆匆下去艙裡探視。

船艙大約中段座位，圍了一群人，整個船艙注意力及動作焦點，都落在人群包圍的中央。圍著的那群人，一人一把抹刀似的，七手八腳地往裡頭抹，像在合作砌著當中的一堵牆；也像是一人一把鏟，共同料理著中央的美食菜餚。圍著的每個人都忙碌而專心。

「讓一下，讓一下，給病人一點空氣。」一邊說，我一邊剝開人牆。如在剝一顆厚實的文旦柚，先是外皮，然後是內裡。

好不容易進到核心位置，看清了出狀況的這位遊客，是個女的。

她仰著頭，髮絲撲面凌亂，像是經歷過一場生存掙扎，拼過了命的。狀況有些狼狽。

圍著的人牆並沒有撤開。病人癱軟在座椅上，兩條手臂兩側分別各一個人分持、按摩著，而且，可說是每一根指頭都被細心照料著。另外，有人推背，有人捏頸，有人搥肩，有人拿綠油精、萬金油什麼的，像在塗面霜似的往病人臉額上塗塗抹抹。還有人不動手，只負責動口，俯身在病人耳邊，輕聲撫慰。

「哇咧！」

啊，錦繡旗袍；啊，那一頭秀逸長髮。沒料到，出狀況的竟是那位搭黑頭仔車來的細秀美女。

「啊，不得了。」秀麗的臉龐像灑了層糖霜雪粉，細秀美女的眼睛苦苦閉著，眼角幾滴剛流出來的淚水，還來不及斑剝粉牆，立刻就被一旁照顧的隨從，用一條絲巾半路給攔截了去。

「啊，不得了。」小口兩片櫻唇，竟然紫中帶黑，而且，還鶯啼顫顫，一聲聲哼著：

「回……去……，回……去……」

「啊，不得了，嘴唇都發黑了。」我當下判斷應該是心臟病發作，而且情況緊急。

當機立斷，立刻用船內對講機，告知駕駛艙：「轉頭返航，全車航行。」

我衝回駕駛艙，立即用SSB全球無線話機呼叫岸上電台：「緊急狀況，緊急狀況，請求一輛救護車……」

一路憂心忡忡，顧不得全速奔波產生的震蕩及搖晃，顧不得已經發黑的嫩豆腐，顧不得已經半凋的花蕊。對發病的心臟病患而言，每一秒鐘都是關鍵，每一秒鐘都要把握。何況是如此嬌滴滴的一位細秀美女。

油門桿幾乎一路推到頂，煙囪冒著汩汩黑煙，引擎因重擔負荷抖顫著發出嘶吼。這些已全都顧不得了。

匆匆轉入港堤，遠遠的，就看見了碼頭上閃著一串紅燈。救護車已經來到。

船隻一泊岸，先讓船員匆匆繫妥了繩纜。立刻，我轉向窗外，想對救護車要求擔架。沒想到，頭一轉，恰好看見一位遊客率先跳上岸去。

病患應該優先，何況是細秀美女。正想開罵，那搶先擅自跳上岸的遊客簡直「白目」。

揉揉眼睛，不敢相信，跳上岸去的人竟然披頭長髮，錦繡旗袍。

「哇咧！」這下她倒是步履輕快，不必人攙扶、不用人撐傘，跳格似的快動作。而且，沒有姿勢，不用婀娜。脫胎換骨似的，一點都不細秀，頭也不回的，兩三步鑽入烏頭車裡。

「碰！」一聲，關了車門，震得港域水面都起了疙瘩。

「噗、噗、」兩響，引擎點燃；烏頭仔車在碼頭上躁急轉個彎，如在逃瘟疫似的，滾滾一陣煙塵衝出碼頭。

留下船邊細碎的漣漪浪花，留下懸滿問號的陽光，留下碼頭上一大片疑惑的眼睛，還有那輛等著載病患閃著紅光的救護車。

「這到底什麼情形？」我問船員。

「不知哩，一到了岸，就活過來。誰知。」

「那，嘴唇烏嘛嘛，怎麼說？」

「你不知啊，新潮時髦的胭脂水粉……」

這時，救護車司機尖著喉嚨對我喊：「快啊，誰要載？快啊。」

大塊的、鬼順仔都笑了。

管他拍賣場裡哨音響個不停。

大塊的說：「沒想到開賞鯨船這麼趣味。」

「還有咧，有一次來搭船的是一群『官員』和『讀書人』。」知偉欲罷不能。

「讀書人怎麼看得出來？」大塊的問。

「跟你長得不一樣，跟你氣質不一樣的就是讀書人。」鬼順仔替知偉回答。

「讀書人就是不一樣，他們有學問，有氣質。」知偉說。講歸講，知偉早在出發前已經看過遊客名冊，知道這一船不是官員就是學者。

其實，從一船子的西裝、洋裝、皮鞋，大概也嗅得出與尋常遊客不同的氣息。

「聽說是率團來評鑑賞鯨船。」

「評鑑？」

「就是打分數，裁定賞鯨船的好壞等級。」

「像那些漁販？」大塊的指著場子說。

「聽我說——」

大概吃了暈船藥吧，出航後不久，就有幾位穩重的在座位上閉目養神。

那天，算運氣不好，航行一段後，海上無緣由颳起了一陣北風，浪級很快升高到四級，海面攪出嚷嚷白沫水花。

我立刻迴船，準備返航。

那天不巧，跟一群海豚跟到了南邊海域，離港大約一小時航程。船隻一迴艄，儘管放慢了船速，畢竟鋒頭風，颳得猛烈。船隻逆著風勢航行，一再撲撞在高舉著的浪濤裡。

船艄頻頻撞浪，海面撞碎的浪花，北風一掃，紛紛揚揚的一波波撲進船舷裡。

海況轉變，我交代了舵輪，下去作安全巡查。

一陣子後，我看見有幾位眉頭緊蹙，似有萬千心事鬱結心頭。但可能仍得顧著官員、學者身份，仍然強撐著不失穩重。另一頭，也有幾位，看來快撐不住了，把嘔吐袋像一只寶貝緊緊握在手裡。

又一陣子，有幾位已經像栓不緊的水龍頭，嘩啦啦地開始瓦解和洩露。

海上多少經驗換多少適應力，也就是說，暈不暈船應該只問經驗，不分身份。換句話說，海上搖兩下便知有沒有，照理說，沒什麼失禮或失態的問題。

坐在風尾那位臉頰圓圓的女學者，可能有出海經驗；也聽說是這團的總召集人。總是帶頭的，又是專家，若率先撐不住的話，可能有失顏面。大概這樣子吧，她沒有立即感染到，像是傳染病已經在艙裡漫延的嘔吐症狀。

她只是閉目養神，看起來是強硬逞住。

只是，不曉得為什麼，看她頻頻揮起衣袖，像在揮趕臉邊嗡嗡擾人的蚊蠅。

細看才明白，她揮袖是為了揮擋掉不時吹在她臉上的浪花和飛沫。

一切都合理，都正常，如果她揮的只是浪花的話，就一點都沒問題。

只是，我轉頭看向她的風頭，有幾位頻頻將嘔吐袋往嘴邊舉，分期付款似的嘔一口，停一下，再嘔一口。風勢紛揚，船身搖晃，嘔吐袋並不能像萬能的捕手，滴水不漏的完全攔截住每一次的嘔吐點滴。那些，漏掉的嘔吐屑沫，如漏網之魚，隨風勢竄逃，紛紛摻了細碎浪花，飄飄都吹到了風尾那位女學者臉上。

倒是老神在在，也不曉得是否嗅覺已經給暈掉了，她一樣閉著眼簾，彷彿什麼事都不要緊，她只用手臂像車窗雨刷般一下下撥著。

撥著她以爲的浪花。

大塊的拍著肚皮說：「記得，再怎麼暈船，就是暈得死死去，眼睛也要大大顆睜著；而且，千萬記得，要坐在風頭。」

鬼順仔說：「還是吐出來比較好。無論如何，投手總是比捕手吃香。」

海上航行免不了碰到天候遽變，若說不暈船是一種能力的話，這能力全是海上經驗點滴累聚。無法投機、沒有取巧。

這三個討海人，不同的身體底地，不同的死死去經歷，如今，只要他們認爲是合理範圍的風浪，都會被他們的身體，各自解讀成是不同但合理的搖籃。

「我也發現，最會暈船的是當媽媽的人。」知偉說。

「怎麼說？」

「我想，是當媽媽的人在這個社會、在她的家庭中扮演的角色所影響的。當媽媽的，總習慣比其他家庭成員多幾分煩惱。譬如說，家人都睡了，她還要擔心門窗關了沒？瓦斯關了沒？或者，小孩明天的便當、先生的早餐等等。簡單講，就是瑣瑣碎碎，習慣了擔心，習慣了放不開。」

「那又跟死死去什麼關係？」大塊的搔著頭問。

「除了先天體質，死死去和心裡狀態有關。看過一篇報導這麼說，暈船是『心想事成』，越擔心會暈船，死得就越快。一般來說，小孩最不會暈。我發現，小孩一上了船，沒什麼負擔的東跑西跑，處處好奇。當媽媽的就不同了，擔心安全，擔心暈船，擔心自己，擔心小孩，擔心海上也擔心岸上。曾經有一位媽媽，上了船後，手裡拿著兩顆暈船藥跟我要開水。我跟她說，吃一粒就好。太擔心吧，她頭一仰，兩粒都吞下去了。暈船藥有催眠副作用。船隻才航到港嘴，她就睡著了。兩個多小時在海上，也遇見了一大群海豚，遊客的歡呼喧嚷，竟然都吵不醒她。雖然，那趟航程她沒有死死去，但一路都睡得死死去。醒來時，船隻已經回到港裡。」

「有這種事？」大塊的仍搔著頭。

「喂，粗魯人，不曾死死去的野蠻人，」鬼順仔打斷大塊的說：「這下你賺最多了，不用講又聽得笑哈哈，有喫還有掠，問題這麼多。人講：『聽人言，不如自己演』。怎樣，大塊的，講個死死去的故事來鼻香。」

「啊我嘟確實勿會暈船，怎麼講？」

「又沒叫你講自己。」鬼順仔說。

「好嘛，好嘛，想到了，就講個別人死死去的事。」

大塊的不到十五歲，就跟著父親及兩位兄哥同艘船捕魚。

那時候，船是租來的，船頭家是一位五十歲左右，長得飽滿精壯、頭頂微禿的中年人。

船頭家小鎮裡開了幾家漁行和雜貨舖，算是個小有成就的生意人。他投資這艘船，並不是對討海這途有經驗或有興趣，主要是因爲撿便宜。聽說，原來的船主欠債跑路，急於脫手，就這麼半買半送得到了這艘船。

大塊的一家子連這艘船，一道被移交過來這位新船頭家手下。船一直都在海上，一樣在大塊的一家人手上捕漁，只是頭家換人。

這位新頭家，只在船隻返港賣魚時來到岸邊分帳收款，海上的事幾乎從來不過問。畢竟隔行如隔山，事實上，可能也無從問起。

船頭家每次來到碼頭，總是要趁機會擺擺頭家姿勢。收了款後，他常常在大塊的他們面前說：「啊，看什麼時陣有閒，來去海上旋旋看看咧。」

聽他的口氣，他好像認為出海捕魚是件在海上旋旋看看、如此輕鬆愉快的事。說歸說，幾年下來，船頭家從來不曾踏上甲板半步。

那天不曉得颳什麼風，大塊的他們捕了個滿載的紅鰲回來。船頭家雖不懂得捕魚，但算是手上有漁行，他對魚種和魚價都相當瞭解。滿滿一船論兩賣的高價值紅鰲，賣得好價錢或壞價錢，幾乎是半條船船價的差別。他知道，這船紅鰲，若是載到北邊的南方澳拍賣，可是平白多賺了半艘船。

他又突發奇想的，或者有什麼顧慮不知，船頭家用大姆指比了比胸口說：「這趟，我親自押船。」

船頭家的意思，誰敢說不。

大塊的那年十六歲，世面還沒走透，不過低聲唸了一句：「敢好？」

不料，船頭家耳尖被他聽見了。他臉一橫，兇兇嚷了大塊的：「囝仔人識啥，討海厭嫌了嗎？聽到沒，我講去，就去。」

爲了漁獲新鮮，也爲了趕上隔天一早南方澳的早市，他們連夜出港。

那時的船隻馬力小，航速不快，船隻搖頭晃尾走了個大半夜，航行到花蓮、宜蘭交界大濁水溪嘴再北邊些的武塔海域。距離南方澳大約還要再三個鐘點航程。沒問題，天亮前應該可以趕到。

出港沒多久，船頭家早就死死去躺倒在睡艙裡。除了偶爾一陣嘔吐聲傳上來之外，無聲無息，船上好像原本就不存在這個人似的。

半夜這時，忽然船頭家從睡艙口掙著爬出來。一臉青損損，兩眼白楞楞，一走一顚，腳步蹣跚。每一步都嘆口氣陪伴，眞像是鬼電影裡演的，從墳墓裡爬出來的僵屍。而且在大半夜的海上，眞像個爬上船來嚇人的水鬼。

這隻頭家鬼上來甲板後，不停嘆息。大塊的靠近聽才聽出來，頭家咿咿哦哦，整個人像是只剩下一口氣，如遊絲般不停輕哼著：「……回……去……」

這怎麼可能？

一趟航程已將近尾聲，就算天皇老子下命令，也沒什麼道理在這時候轉頭返航。船頭家暈船似乎暈昏了頭，不分遠近，不知好歹。

船頭家講話，不聽又不行，這如何是好。

大塊的父親，畢竟是老船長，風浪世面都見過不少，兩步迎上去攙扶住船頭家，耐心、細心地半安慰、半勸說：「頭ㄟ，再忍耐個兩、三個鐘點，就要靠岸，就要到達南方澳。嘴齒筋咬咧，再短短一程，就要結束這趟辛苦。」

沒想到，船頭家一點也不領情。

突然活過來似的，兇煞煞地說：「叫你回去，就回去！」

大塊的父親可真有耐心，被嗆了一臉，仍不放棄勸說。他又說：「頭ㄟ，轉回去的話，又得花五、六個小時在海上拖磨……」

這番既合理又溫柔的話，不曉得哪裡得罪了他。忽然，他狠狠瞪大眼珠子，作勢要甩掉攙扶，怒吼一聲：「不轉回去，我就跳海死給你看。」

邊講還邊掙扎，奮力作勢往船舷撲去。

大塊的全家大小一起頂住他，抓住他。沒想到，已經吐得死死去的人，哪來這番蠻力？父子四個，拼了命才頂住了頭家。

大塊的父親仍不死心，趁著這壓制住的空檔說：「半艘船咧，頭ㄟ，前去賺半艘，回頭虧半艘，前後差一整艘哩！」

這下，頭家才鬆下一直堅持著的蠻勁。

又騙又哄的，四個人合力，才勉強將船頭家塞入艙底。像是鬼電影的結尾，胡鬧的鬼仔最後邪不勝正，終於在天亮前，被趕回他的地下鬼穴。

船行繼續。一番折騰，東邊天際已經泛白。

頭家的乾嘔聲，不斷地從地獄底傳上來。

大塊的父親壓低了聲音說：「可憐喔，吐到沒東西吐，連頭殼髓也吐吐出來。」

「若不是因爲他是頭家，這樣魯，這樣鬧，早被我一腳踹下去餵鯊魚。」大塊的說。

大塊的講話快，講故事像一陣機關槍達達掃射。

才講完他船頭家死死去的故事，立刻又連發補了一句：「不識假識，牽牽拖拖。」他頭一轉，看了拍賣場一眼說：「這些山頂人。」

「講你粗，心思還眞稚，思思唸唸，還繞在那堆魚仔身上。」鬼順仔說：「魚再抓就有，海湧看那多了，還學不會起起落落是個現實。有時落雨，有時嘛會好天。」

「你不知，鬼順仔伯，魚吃一肚水，人吃一口氣。」大塊的說。

「ㄟ——大塊的，不簡單喔！怎麼忽然間有學問、有氣質起來？」知偉笑他。

大塊的說：「咱是少年不知愛讀書，那無，海底咱攏嘛是博士！」

「好嘛，好嘛！以後叫你『大塊博士』。」

場子裡又傳來「嗶、嗶——」兩響。

「管泰伊！」聽了哨聲，他們三個幾乎同時說了這一句。

4
—尋找一座島嶼—

事實上，夜空裡的每一個亮點，
每一顆星，都是浮在夜空裡的一座座島嶼。

事實上，夜空裡的每一個亮點，每一顆星，都是浮在夜空裡的一座座島嶼。

藍靜飽滿的天幕，以為無止盡的，最後還是沉落天際。積雲叢叢昇起，如天塊崩落激起的水花，如遙遠天邊一列棉花樣的島嶼。

一艘小船拖長了船尾白沫，遠遠航向天邊那嶺白雲。

小船衝波撞浪不停搖晃，一波越過一波，如在浪褶裡掙扎、摸索。一波越過一波，再怎麼努力，也到不了天邊那座虛緲的島嶼。

覆蓋著灰藍色桌布的長條木桌，桌布褶褶皺皺，像海面湧湧曳曳的浪痕；一座二十吋巧克力蛋糕擺在桌面，看來如擱在桌布海面的一座島嶼。燈光熄了，只剩蛋糕上頭兩根阿拉伯數字蠟燭燃亮著；一根是4、另一根是0；橘色火焰搖曳在蠟燭頭頂，如這座島上矗立的兩座燈塔。

燭光煥照桌邊圍著的十幾張臉孔，他們一下拍掌合唱生日歌，趕著吃蛋糕似的，沒一下子，歌聲節拍就進入了快節奏尾聲；不過才二十幾隻手掌，竟也拍得零落、草率。他們看來年紀相當，是今天的壽星——大頭風的朋友和同學。學生時代，大頭風就是同學取笑的對象，不只因爲背有點駝，他的頭天生就比一般人大，而且他還患口吃，一緊張就結結巴巴，一臉憋著什麼似的紅脹著。他很難清楚、完整地講一句話。大家都曉得，只要出其不意突然問他一個問題，便能在戲棚下等著看戲，而且，大頭風通常不會讓大家失望。他的同學阿龍，很多次在大家面前直接喊他——「駝背不喫飯，大吃不講話」。有幾位老師，也常運用大頭風這項「專長」，來提昇上課的趣味。

大頭風四十歲生日，阿龍打電話給他說：「我們買蛋糕過去，你準備啤酒。」也不等他回話，像理所當然：「就這麼決定了。」

沒想到一下來了十幾個，還帶來幾位大頭風不熟識的朋友。幾十年老同學、老朋友了，該笑該鬧的，差不多都經歷過了。還會有所期待？或許大家的生活的確缺乏樂趣吧？大頭風四十歲生日這種機會，大家相邀前來不會錯過。

「總是好意。」大頭風想。

生日歌草草唱過，當大頭風俯身要去吹蠟燭時，站在一旁的阿龍一把將他攔住，起鬨說：「發表一下生日感言嘛！四十歲嘍，理想啊，抱負的，什麼都好。」

大頭風低著頭，一時間不知道要講什麼。他眼裡看到的是一片灰藍色海浪、一座島嶼，及島嶼上發光的兩座燈塔。看得有點出神，他明白阿龍起鬨作弄的意圖。「也無所謂了，」他想：「幾十年了，還不習慣才真有問題。」

蠟燭漸漸融蝕。4、0兩根蠟燭燭頂漸漸融成蠟油，沿著燈塔垂流下來。

「喂，許願這麼久……講出來啊，大家都要聽。」

視野從海面收回，大頭風的心思如烘衣機裡的衣物不斷盤轉；「講什麼好呢？講什麼好呢？」一邊，他的眼光恰巧落在自己微凸的小腹上。像是發現寶藏、有了靈感，他頭一抬，慢慢說：「啊，四十歲了，願大家……都有啤魯肚。」

趁笑聲還未哄起，趁大家還反應不過來，趁阿龍來不及再帶頭作怪，像要熄滅掉可以燎原的火種，他深深吸了一口氣，吹熄了蠟燭。

「沒聽過這種許願……」

「喂，詛咒還是許願？」

「哪有這種生日？」

笑聲哄起，大頭風果然不讓大家失望。

「啪嚓」輕響，頭頂日光燈閃爍了幾下，屋裡亮了。

大頭風明白，今天這一關終究得過的，於是，有意無意的，讓大家都得到滿足。朋友不就是這樣嗎？大多時候相互作弄取笑，偶爾互相取暖。

四十歲以前的大頭風，大頭會是他身材比例的負擔，如今，壯而圓的肚圍，恰好勻稱地配上他的大頭，讓他看起來頗有中年男子的穩重。

啤魯肚裝啤魯，這場生日聚會還眞像是找到機會，大家一起灌「肚猴」。大海裡，失去燈塔的島嶼，一下子熱鬧，海面浮浮沉沉已漂著許多啤酒罐。

幾個同學在桌邊分別拉出衣擺，掀起褲頭，相互比較起啤魯肚。

大頭風拿了一罐啤酒坐在屋角，他知道，只要起個頭，加上些酒精，他就能從今晚的主角退場，旁觀這一場熱鬧。

「爲什麼總喝不醉？」他想。他實在很羨慕朋友們，那麼輕易就能讓酒精融化掉矜持。幾分酒熱，無論什麼話，都能無遮攔、盡情的，像牢籠打開，讓平日關著的話一一釋放出來。一般人能，大頭風就沒辦法這樣。無論喝多少酒，他總覺得自己清醒，再多酒精也無法侵蝕他心底銅牆鐵壁似的牢籠，在他的胸裡，有太多連他自己也不曉得，是什麼或爲什麼的一大團莫名其妙的東西淤塞在裡頭。尤其當一群人聚集的場合，他習慣將自己挪到邊緣，躲在角落。他寧願當個安靜的聽眾。

「喂，壽星躲在角落，想什麼事嗎？」阿嬌過來打招呼。

阿嬌是阿龍的大學同學，大頭風並不熟。她過來打招呼的話聽在大頭風耳裡，竟無比清醒地成爲「是不是覺得無趣？是不是不高興被捉弄、被取笑？」大頭風心裡想，「一點也不，很愉快，請盡興地玩。」至少，他應該做個類似的回應，才不至於被阿嬌誤會。但是，要他完整講出如此簡單的字句並不容易，尤其是需要解釋的部份。

大頭風的經驗告訴他，解釋通常很難圓滿，以他的表達能力，不解釋反而會比不圓滿的解釋好一些。類似阿嬌這種招呼或關心，他常常面對。他認爲，用微笑回應往往簡單、容易，而且，副作用最少。

「別理他，這個人喔，頭殼底裝的攏是屎。」阿龍過來搶話。

算是幫大頭風解圍。

阿龍是老鄰居、老同學，他最理解大頭風這副死樣子。

好幾年前，有一次，阿龍嚴肅地問大頭風：「我總是感覺到另外一個你，一個藏在你心裡頭，一個能夠滔滔不絕講話的你，說，到底有沒有？」對於阿龍這個難得認眞的問題，他只是以看起來比較認眞的微笑作爲回應。

大頭風覺得自己是個殘障者，一個不能把心底話講清楚、講乾淨的殘障者。事實上，他明白，他心裡常常劈劈啪啪像在翻書，想得又快又多。並不是非得避到邊緣角落不可，他也喜歡在人群裡，聽些事，感受些許聚會的愉快，只是，在人群中常會被問到：「怎麼了？」或「怎麼這麼安靜？」甚至，不太熟識他的人還會說：「這個人哦，我今晚講的話，他大概一輩子也講不完。」

他是喜歡聽，也常常覺得有趣，只是恐怕自己的安靜會被多想成是其他意思，他恐怕因而妨礙了大家談天說地的氣氛。總是很識趣，該隱形的時候他就避到角落裡。

他多麼想用喊的，如果能夠的話，他是很想大大聲喊出來。

「就是能夠喊，要喊些什麼？」多少次了，大頭風反覆想著這樣的事。

無論再怎麼努力，在人群裡他就是找不出話題，像是他的心底和喉節間，密不透氣地關著一道鎖鍊已經銹蝕，從來不曾打開，而且可能是再也打不開的閘門。

沉默總是比較安全，像一隻在槍管下靜默的鳥禽，或是一頭把靜默當迷彩裝、保護色的野獸。他從小就對昆蟲的擬姿感到興趣。如：枝椏的尺蠖、枯葉般的蛾蝶、裝死的金龜子……不動，是形體的僞裝；沉默，是內在的僞裝。

曾經有許多事，莫名其妙發生在大頭風身上。

他知道這些事可能在提醒他什麼，隱喻些什麼；是某種不曉得誰發出且目的不明的訊息；像太空偵測儀常接收到一些來自外太空無從解讀的片斷訊號。這些怪異的事及他的疑惑，都不會有答案；因爲他無法將這些事完整地說給任何人聽；他想，就算清楚說了，也沒有人會相信。

六歲剛上小學不久，有一天半夜醒來，已經忘了爲什麼，他起床開了後門，走到黑暗的街道上。街上沒半個人影，強烈的北風把掛在黑木電桿上的電線刨颳得簌簌尖叫，昏黃街燈搖搖晃晃。他感覺到燈影外黑影幢幢，暗地裡野狗狂吠不止，但他並不害怕，而且像是誰已經告知他方向，他直挺挺往燈影外暗處裡走去。像夢遊出竅，而他又清楚知道自己是清醒的。走到路邊雜草叢裡，他彎腰在雜草堆裡拾起一條約三十公分長的飛魚。飛魚還活著，尾巴和翅膀樣的胸鰭擺擺扭扭地扯著他的手腕。他提著魚尾巴回家，還記得關了後門，將魚擺在灶腳的圓木砧板上，才回到床鋪上繼續睡覺。

「那裡偷來的？」隔天一早，大頭風就被叫起來問。

那一次跟往後的許多次一樣，他始終無法圓滿回答。儘管他已經作了最大的努力，說出了一點一滴的所有經過。但是，這些都被認爲，他是因爲心虛才吞吞吐吐。

後來，他曾經這麼想過，這件事爲什麼發生在半夜？又爲什麼飛魚會掉在草叢裡？又爲什麼是活的？難道牠從海裡一路飛過海灘，飛過城市，飛過無數街道和紅綠燈，最後落在他家後門口的草堆裡？當然，這一連串問題因爲無法發問，所以，從來都沒有答案。

大頭風的老家，是一棟雙斜黑色鐵皮浪板屋頂的木造房子。小時候，他的睡鋪就在這棟房子屋樑正下方三角錐狀的閣樓上。閣樓中堆滿雜物，空間只有一扇小推窗，常覺得陰陰暗暗的。閣樓的空氣裡好像到處浮著灰塵。

他喜歡推開小窗子，站在窗前。也不做什麼。窗外直立兩根他家後院栽種的檳榔樹，常有麻雀飛來檳榔羽狀樹葉間吱吱喳喳。再過去，大約一公里外，遙遙一棟兩樓半白色水泥鋼筋建築；聽說是賣花蓮薯賺到錢的王阿舍公館。此外，全是一片黑壓壓、錯雜斜披的鐵皮屋頂。

他常常夢見在波浪樣的鐵皮屋頂上游泳。游過一個屋頂，越過一脈浪脊，又賣力地游向另一波屋脊。無邊的黑色大海，綿綿無盡的波浪，他陷在波濤裡掙扎。夢裡，他總是感覺背後有一個模糊的影子追著他。他奮力游，爲了擺脫糾纏。一波大浪覆頂蓋住他，快窒息了，還是得掙著奮力地游。夢裡，那棟白色建築始終突露海面像一座島嶼，屋頂上的避雷針是一座導引他向前游的燈塔。夢裡，有人告訴他，只要游到那座白色島嶼，就安全了。

相同的場景，相同的追逐，相同的掙扎，大頭風在他的黑色大浪裡游了幾十年。

初中二年級時，一天半夜醒來，他又從後門出去。這次，他提一隻飛鼠回來。

他把飛鼠關在後院，以前他阿嬤養雞用的空籠子裡。

天亮後，家人又來質問他。

他又呑呑吐吐地解釋了老半天。「就在後門口啊，往東走一百五十公尺，那堆草叢；小時候撿到飛魚的那堆草叢；旁邊的那根電線桿上，這隻飛鼠，就這樣抱著電線桿不動；我就抓住牠的尾巴，就這樣，提回來囉！」不過簡單幾句話，他就是講不完整。

「騙笑，飛鼠是深山林內才有的，畜牲，懂嗎。」

「你在講『夢尬』（卡通影片）？」

大頭風當然曉得飛鼠深山中才有；就像飛魚在海裡才有；他也明白，再複雜的過程說起來都那麼簡單，但若要解釋的話，就不太容易了。

飛鼠事件不久後，來了一個強烈颱風。

半夜洪水暴漲，淹沒了樓下的衣櫥……一直淹到閣樓樓梯口才漸漸止住。那次颱風，他家只有他一個人沒被洪水淹到。那一晚，閣樓熱鬧，家人都上來了，抱著棉被、衣服，和一隻雞。

天亮後雨停了，家人忙著在樓梯口打撈浮在水面的家俱和拖鞋，大頭風推開小窗，「哇！」一片黃色汪洋大海。望過去，鐵皮屋頂或横或直，一座座都浸泡在黃稠稠的洪水裡。夢裡的黑色波浪，竟變成現實裡的一群黑色島嶼，而且，每一座島嶼上都有人。

小島居民或坐或站，懷裡抱著棉被、花盆、貓或狗。

「哇噢！」他一邊脫衣褲，一邊喊著；很快脫到剩一條四角內褲。他鑽出小推窗，踏住飛簷當跳板，直挺挺噗通一響，跳入黃稠稠的洪水裡。

大頭風的大頭很快浮出水面。他往最靠近的那座黑色島嶼游去。

第一座島嶼是屋後的阿嬸婆家。

他繞著阿嬸婆的小島游了三圈，看到阿嬸婆愁眉苦臉，懷裡抱著一隻鴨公，孤單地坐在島脊上。

往第二座島嶼的途中，遇見一隻游泳的水牛；他覺得水牛在微笑；水牛只把頭和角露出水面，游泳時沒有水花，和他相像。於是，他陪著水牛游了一段，才繼續轉往第二座島嶼。

第二座島上，站著他的同班同學阿龍。阿龍用一種從來沒見過的眼神，看著游在水裡的大頭風。阿龍平時很搏克，常對著大頭風唸：「大頭，大頭，下雨不愁。」這次，他只是呆呆看著水裡的大頭風。

一座島，一座島，大頭風都游去拜訪。

最後，他的目標是那座白色大島。

他看準二樓陽台欄杆，是唯一可以登上白色島嶼的登陸點，其他方位都是嚴聳、光滑，攀也攀不住的光滑峭壁。

抓住欄杆，一翻身，他跳進陽台裡。

「哇噢！」大理石地板；「哇噢！」咖啡色鋁門窗；「哇噢！」遠看不知道，沒想到這座白色島嶼竟是一座豪華島嶼。

他在這座島上的陽台走來走去，到處看。「嘩啦」一響，鋁門窗拉開，王阿舍走出來，手上揚著一塊花蓮薯對他說：「囝仔，餅拿去，走，緊走。」

之後，當大頭風推開他的閣樓小窗，他會微笑看著那座似乎不再遙遠的白色島嶼。

有好長一段日子，他很期待颱風再來。

他在農民曆上找到颱風警報座標圖，每次一有颱風警報，他打開收音機，記錄颱風的經緯度，然後在圖上畫出颱風行徑路線。他預測颱風，期望颱風。

十幾年了，颱風不曾來過。即使靠近了，也只不過意思一下，邊緣擦過罷了。聽說和縣長的名字有關，那時的縣長叫吳豐雲，兩任做了八年。接任的也姓吳，名字叫水奐。

這十幾年來，小窗外的黑色鐵皮屋頂漸漸減少；黑色浪濤越來越少；之間浮出了許多座更大、更高充滿各種顏色的島嶼。大多數新生成的島嶼，都比王阿舍的白色島嶼更豪華、更宏偉。這些島嶼都很陌生。

「怎麼辦？」颱風若不來，這座白色島嶼，他心頭唯一的一座島嶼，就要被埋沒消失了。

某個大雨過後的黃昏，大頭風又站在窗口發呆。已經高中三年級了。這時候，即使來個颱風，他也懷疑那麼多險峻的島嶼，該如何一一去攀登。

同學、朋友離去後，大頭風仔收拾場地。

灰藍色海洋裡湧動著許多漂流物，桌布皺得厲害，彷彿一場風暴過境。4、0兩根融了頭的蠟燭，浮在海面漂流。像是只剩下半條命。

大頭風的辦公桌緊鄰一扇落地窗，辦公室的工作他已熟悉，不用怎麼講話，每天大概只用兩個小時，就作完一天的工作。有時候他會想，剩下來的六個小時和剩下來的半條命，該怎麼過？

他不曉得。除了不講話、少講話，他從來不曉得還能作什麼。

他最常作的事，就是看著窗外發呆；無論辦公室的落地窗，或閣樓的那扇小推窗；窗外，一群麻雀在陽光拂照的草地上蹦蹦跳跳；黑色綿綿的鐵皮海洋；一隻白文蝶飛過窗口；那座忽遠忽近的白色島嶼；曬過陽光的風自由來來去去；黃稠稠的洪水；風底波波擺動的葉片；一群黑色島嶼；一隻花貓跳過牆頭；一頭游泳的水牛……

「爲什麼只有我被關著？」

閣樓關著，辦公室關著，喉嚨也緊緊關著。

「阿龍說得對，」大頭風想：「也許眞有另一個『我』被囚禁著，被深深地禁錮在心底。那些永遠無法圓滿解釋的遭遇，會不會是來自『他』的訊號？」

升學、服兵役、求職，談些結結巴巴沒有結果的戀愛，接踵而來的現實生活，有段很長的時間，他已不再夢見鐵皮屋頂上的游泳。

那天，他推開不曉得多久沒再打開過的閣樓小窗。光線，像一束光柱傾進閣樓裡。飛塵都自由了，興奮地紛紛攀著那道光柱飛舞。才下過一場雨，閣樓外的檳榔樹還在，麻雀還在，但窗口已經看不見那座白色島嶼，更高、更宏偉的建築物擋住了閣樓視野。

這時，雨過天青，一峰冒出雲端的鬱藍色山嶺，浮在這些建築物的上緣。

「啊，藍色島嶼。」大頭風心裡喊了一句。

「啊，好久沒有『他』的聲音了。」大頭風恍然明白了，這段日子來他只顧著自己生活而遺忘了「他」。那黑色海洋裡游泳的夢，會不會是「他」在渴望一座島嶼？當白色小島隱去後，游泳的夢就跟著消失了；「他」不再講話，不再發出任何訊息。

念頭一轉，大頭風想，島嶼不一定只是白色的，而且，消失了一座島嶼的同時，可能生成了一群島嶼，像閣樓窗口看見的那樣，島嶼不會只有一座。

於是，大頭風去登山用品店採購登山裝備，他打算去尋找那座新發現的鬱藍島嶼。等高線像皺紋密佈的登山地圖、指北針，店員說會呼吸的排汗內衣，睡袋、抗低溫羽毛夾克、適合低氣壓下使用的高壓小瓦斯爐、超熱量口糧、低脂巧克力等等，全都裝在一個足足有半個人高的登山背包裡。

大頭風茫然看著眼前茂密麻竹林間陡峭盤昇的小山徑，喘得像炎陽下無處躲的一條狗。每走十分鐘就得休息至少半個小時，像一個三天打魚、十天曬網的漁夫。壯圓的啤魯肚讓他吃了不少苦頭。

每次休息，他都試著從竹林間隙探望那座島嶼。

每到達一處自以爲是的山頭、大頭風以爲的藍色島嶼；他發現，更遠、更高處還另有山頭。白雲悠悠飄在天頂，他發現，雲層上端始終浮著無數個山頭島嶼。大頭風若有所失地想：「可能永遠也到不了那座藍色島嶼。」

大頭風迷失在自己和目標島嶼間的相對位置上。山徑明顯，他並沒有迷路；他只是覺得前途迷惘。他也發現，再怎麼努力，每一座他所登臨的山頭，都只不過是心頭那座藍色島嶼的零星支脈而已。

那座藍色島嶼似乎只適合遠望。越靠近，越有距離。

儘管如此，大頭風沒有死心。每休息一次，他就從背包裡掏出一種登山裝備拋棄在路邊。他體會到，過多的裝備將會拖累他尋找一座島嶼的可能。

他像一顆生日的紅蛋，一路剝去蛋殼。

不知名的鳥雀成群在林蔭外啁啾盤旋。午後，濕熱的海風從山腳下迎坡上揚，乾涼的山風從嶺頭衝下坡來，冷熱兩股氣團在林間衝撞，渦起氣旋。闊葉林嘩啦啦紛紛掀翻了裙擺。

大頭風把握每一個週末，上山去成爲他這段日子來像信徒上教堂一樣的事。一次比一次容易，不再那樣氣喘，而且，他只要循著上次被他一路丟棄的裝備作爲路標，越來越輕鬆，他跨越一個又一個山頭，他不再茫然，到達心中的那座藍色島嶼，似乎不再那麼遙不可及。

一次貪圖搶進，黃昏後，他發現懸身在一片鬆塌的碎石坡上。前後一看，尋不著任何路跡。山區裡天暗的速度像在潑墨，躲也躲不掉，黑色的夜水大杓大杓地澆淋下來。天黑的剎那，他確定這一晚別想回家了。

摸摸索索，手腳並用，靠觸覺也靠感覺，幸運的，碎石陡坡上，他摸到一小窩內凹的洞穴。

洞穴裡窄隘，裡頭僅容大頭風蜷縮側臥。一股濃烈的腥臊味瀰漫這個小空間。他還摸到洞穴地上，一團團、一顆顆或硬或軟，草藥丸子似的獸糞。原來他避進了一個獸窩裡。

天色黑妥了後，漸漸有了視野。

獸穴面對碎坡斷崖，視野開闊。星辰鋪滿洞口；他只認得天蠍座；這時的天蠍座散出寒光，尾鉤滿滿撐張洞口，幾顆流星劃過。

洞口底端，遙遠天邊出現了一叢依稀的橙色亮點，閃閃爍爍，看起來像是遠方低地的一座島嶼。「啊，島嶼並不一定高處才有。」他想。事實上，夜空裡的每一個亮點，每一顆星，都是浮在夜空裡的一座座島嶼。

島嶼不只白色、藍色，不論高低，只要注意觀看，到處都是島嶼。

他感覺自己是一隻山羌，窩在山崖獸穴過夜。

「不曉得這洞穴，這堆糞便的主人是誰？」夜深後，大頭風想。

「牠常蹲臥在這裡看星星。」

這句話不是大頭風想的，也不是講的。是一個細微如耳屎碎屑鬆動的聲音，清晰的響在他耳膜上。那聲音繼續——「牠不用講話，這個洞穴是牠在崖上的島嶼。」

「那麼，牠去哪裡了？昏天暗地裡，牠離開牠的島嶼去哪裡了？」

「牠很幸運，天生就有許多島嶼，不像你這樣到處找，也找不到一座。」

「喂，到底是你在找，還是我在找？」

「是你需要吧？我只是偶爾需要。」

「我可是替你去找的。」

「可是我指引你去的。」

思想和思想的對話沒有回聲，四周空氣靜謐得連流星都得躡手躡腳滑過洞口。

「這充滿星星的洞口，像我們閣樓的那扇窗。」

「這裡看不到黑鐵皮海浪，沒有豪華白色島嶼……喂，不一樣啊，喂，別忘了，你只是避難暫時借住而已，這是牠的島嶼，牠的窗口，牠的視野。每個人終要找到一座屬於自己的島嶼，才能擁有自己的窗口和視野。每個人都需要空間，都需要呼吸，都需要光線，都需要能夠游泳和逃亡的海洋。」

「那，到底一輩子得擁有幾座島嶼才夠？怎麼知道哪一座才是眞正的島嶼？又，哪一座才是最後的島嶼？」

「我也不知道，需要的話，應該自然就會去找。」

「喂，我們可能需要一張地圖，一張能夠討論並決定方向的地圖。」

「你不是一路都在丟棄嗎？」

「因爲很重。」

「別找藉口了，島嶼更重。」

「………」

「睡一下好了。」

「又冷、又餓、又渴，睡不著。」

大頭風掙著翻過身，面對穴壁。

「難得主人不在家，可以自由交談。」那聲音彷彿來自洞壁，像水珠子在岩壁上攀爬。

他又翻身回來；洞穴很窄，就兩個姿勢迴身，一片漆黑，或漫天星辰。

那聲音可自由多了，一下在耳膜，一下在星空，一下在岩壁，一下在腦子裡……

一下轉身後，大頭風聽見：「你是我的島嶼。」

這聲音像是發自星空，可是這時，他看不見星辰。

「喂，天快亮了，洞口的星星都準備下班了。睡一下吧！」

「你是我的島嶼。」同樣語氣又重覆一次。

「知道怎麼下山嗎？」

「有你帶，怕什麼，你是我的島嶼。」

「那就不找了。」

「回頭就能看見我的島嶼，你的呢？」

「你的就是我的。」

「不，你的是我的，我的還是我的。」

「那，至少告訴我一個方向吧！」

「不是正在努力嗎？」

「說不過你。」

「你自己。」

天亮後，山區起了濃霧。

沒想到黑夜看得清楚，白天反而矇矓。

「島嶼總是飄渺。」大頭風唸了一句，爬出獸穴。

霧嵐無聲貼著山坡行走，樹枒開張，攔住了一頭霧水。

大頭風這才想到自己是迷路狀態。飢餓還能忍受，只是他感到強烈口渴。沒想到整夜沒開口，只是思想也會口渴。這時，他猶豫了，到底該往上繼續探索，還是往下回頭摸索？回家，並不是那麼重要，但尋個山頭踏一下腳，似乎也不是那麼迫切。

他想像自己是獸穴主人。就當是一頭山羌好了，看了整夜的星星，這時，步出洞穴，接著要去哪裡？

對，找水喝，先解決口渴的難受。

找到一條乾涸的山澗。

山澗石塊裸露，一塊大石頭上朝天捧著一小灘水漬。幾片落葉腐朽在裡頭，一些蚊蚋幼蟲在裡頭擺擺扭動，還有幾隻墨黑色蝌蚪趴著不動。再也不允許牠們游動了，像碎石坡上窄隘的獸穴，水痕幾乎已經淹不過牠們的大頭。

溪澗坡度陡峭，巨石嶙峋，大頭風往下看去，每一顆巨石都有高度落差，都各自面對高低不同的領空，上頭或多或少也都留著幾窪水漬。每一顆巨石都宛如一座座突陵的島嶼，而且，每座島嶼上都居住或困著一些居民。

牠們的誕生也許因緣於前幾場雨水，牠們的生存也必須仰賴後續的幾場落雨。但是，若雨水太大造成瀑布激流，牠們會被沖走；倘若枯乾太久，牠們又來不及長大脫離，水漬一乾涸，牠們便會像化石一樣貼身，成為牠們島嶼的一部份。

「啊，多麼有限、短暫、多變的一座島嶼！」大頭風上上下下，學山羌一樣，趴在每一灘水漬上，像小貓舔牛奶似的；島嶼水源有限；只能潤潤唇而已。

不久，落了些雨，大頭風伸出舌頭讓雨滴打在舌尖上，稍微解渴。雨量恰當。小水漬裡的那些大頭蝌蚪、一刻也靜不下來的孑孓幼蟲，全都得救了。

午後，雨停了，山嵐煙靄趕集似的都往山頭飄去。這時，林縫間隙，全塞滿了藍澄澄的背景。看清楚了，這回看清楚了，那是山下曠闊的海洋。

大頭風走到山腳下時，已是黃昏。

他能夠順利下山，靠的是指北針。終於，找到先前被他拋棄的指北針；並不是靠指北針指示方向，他是藉由指北針所在位置，知道了地圖丟在哪裡；然後，順利找到了小瓦斯爐、然後夾克；接著是雨衣……這些裝備，一路帶他下山。

家門口，阿龍和阿嬌等在那裡。

「喂，跑哪裡去了？」阿龍老遠便大嗓門喊他。

阿龍堵住大頭風，左看右看，前看後看，像在搜尋犯罪證據。阿龍無法理解，大頭風為何一身濕濘狼狽。

「噢！爬山。」阿嬌低頭發現唯一沒丟棄還穿在大頭風腳上的登山靴。

「做什麼爬山？」阿龍咄咄逼人。

「這……」實在難以清楚解釋；大頭風趕緊用力微笑。

「關心嘛！」阿嬌說。好像她知道大頭風在想什麼。

「說！」幾乎要掐住大頭風領口般嚴肅認眞的姿勢，阿龍逼前一步，口氣堅硬地說：「無論如何，今天你要講清楚。」

看情況，這一回多少得講一點才能過關，他囁囁嚅嚅地說：「去尋找……」

「去山上找什麼？」

「找，一座島嶼。」

阿龍抱著肚子彎下腰來，好久好久才回過氣來，他指著大頭風說：「你、你、你，頭殼裡裝的攏是屎，島嶼不去海邊找，去爬山幹嘛？」

阿嬌抿嘴微笑。看不出是笑阿龍，還是笑大頭風。

阿龍進一步，誇張而親暱地伸手拍拍大頭風的後腦杓說：「攏是屎，攏是屎。」

「說的也是，」這時，大頭風又落入他的思想裡，「對喔，爲什麼不去海邊尋找，而去追逐飄邈在雲端的島嶼？」

阿龍又一次替大頭風解圍。

夏天到了，太陽七早八早就曬得要把所有人都趕進屋子裡似的，這個季節不再適合爬山，再說，登山裝備也丟得差不多了。

爬山的這段經驗讓大頭風體會到，島嶼可能沒有方向，沒有目標。島嶼很有可能只是一個點，如茫茫大海裡針尖樣的一個點而已。他也體會到，除了莽撞四處找尋外，他可能需要靜下來想一想，到底怎樣的外貌才稱得上是他的島嶼——「多大？多小？島上有樹，有花，有飛鳥，有蝴蝶，有山羌，孑孓或大頭蝌蚪？……或者，什麼都沒有也行。」

想到這時，接到阿嬌打來的電話。

阿嬌邀大頭風在日頭下山後去海邊走走，最後她說：「我對你很有興趣喔！」

「我對妳可不怎麼有興趣。」他很想直接這樣回答，可是他沒有。

阿嬌約他在港邊一處叫「T」堤的防波堤堤頭見面。

這座T堤是一座水泥突堤，堤身與海岸垂直，伸出岸緣約一百多公尺，堤頭打橫，像一頂帽子戴在堤端。帽子般的這座橫堤，部份堤基被浪濤侵蝕掏空了，堤面往外傾斜了約五度左右。橫直堤防交接位置，像頸子折了半斷，裂開大約五十公分一道縫隙。外頭湧來的波浪，一波波擠壓，這道縫隙總是來回響著底下硿洞洞的濤聲。

這天，湧浪不小，一陣陣霧靄間歇的從縫隙噴起，整座T堤像一頭伏著的巨鯨噴氣。溝壁上疊疊蚵殼，之間咖啡色海藻痲密蔓生。大頭風躊躇了一下，等了一波噴氣過後，才跨步躍過這道溝裂。身體扁平的黑色螃蟹，被他跳躍的身影驚擾，窸窸窣窣往溝谷堤壁下竄爬。也有些來不及跑的，十根手腳一鬆，像空投一樣，跌落在湧動的波濤裡。俗稱海蟑螂的小爬蟲，在他跳過去之後，紛紛爬出堤面散步。

「約在這種地方見面？」大頭風想：「雖然對阿嬌沒興趣，可是她選擇的約會地點還蠻有趣的。」

阿嬌長得瘦弱，像過了小學就沒再成長，臉上戴著一副極有份量的黑色寬邊近視眼鏡，笑起來頰邊會有捏作一把的魚尾紋。好幾次見面，阿嬌都穿蕾絲花邊的白色洋裝。

鬧了整天的南風，在夕陽西下後漸漸停止了，海面金燦燦煥照落日餘暉。T堤北側，從堤底延伸出一泓砂礫海灘，是小城的海濱公園兼天然海水浴場，在屋子裡避暑躲了一整天的居民，這時間都給釋放了，全出籠來了。灘上聚集了人群；賣芋頭冰、賣香腸、租游泳圈的小販也來了；灣裡，幾顆人頭浮浮沈沈，像一袋黑豆子撒在海裡。

「堤端這位置，三面是海，離開了陸地，」大頭風想，「尋找島嶼這麼久了，如今竟不自覺地就已經在一座島或半島上。阿龍說對了，尋找島嶼應該來海邊。」這時，那道裂縫硿洞一響，又噴起一樹水霧，像一簾白紗，隔開了那道與陸地相連的筆直堤面，「說這裡是一座島嶼也不差，阿嬌竟然懂得約我在島嶼上見面。」

島嶼北側海灣裡越來越多人浮在海水裡漂蕩。他坐下來，兩腳伸出堤緣懸著，曬了整天太陽的水泥堤面熱烘烘的，像在蒸烤，「這座島嶼有體溫，沒想到這座島是活的。」

兩個約五十歲年紀的中年男女，牽一頭狼狗從堤道上走來。躍過溝裂，他們三個跳進這座島嶼。狼狗似是受不了堤面熱氣，垂在狗嘴外的舌頭懸著黏涎，咻咻喘氣。

跳上島嶼後，男子俯身鬆開了束縛狼狗的鍊扣。大狗得到釋放，拱起背脊，抽抖了一下。跳轉了兩圈，短吠幾句，突然，牠向著坐在堤緣的大頭風衝了過來。

「啊，」大頭風半轉身手一擋，喊了一聲。他小時候被一頭狼狗咬過，一直都怕狗，這下他以為大狗衝過來要撲咬他。

他橫出的手臂並沒有擋住什麼，就在身邊半尺不到，一陣熱風搧過。接著的聲音響在大頭風腳下。「噗通」一響，堤邊海面一團炸開來的白色水花。

看清楚了，是那隻狼狗落海，大頭風伸手指著海面，回頭嘴裡喊著：「那隻狗，那隻狗。」他真正的意思是，「那隻狼狗是自己跳海，不是他害的。」

那對男女像沒事一樣，也不動作，也不理會大頭風。只是微笑著。

接著，那女的後墊半步，臉上帶著笑容，竟也朝大頭風衝了過來。又一陣熱風搧過，不，兩陣；大頭風還沒想清楚到底怎麼回事，耳裡已聽到「噗通」、「噗通」接連兩響，女的先跳、男的殿後。

他們像是跳海趕著去救他們的落水狗，但又似乎沒什麼道理。

堤下水面，他們三個一起浮出，狼狗游在前頭，兩個男女跟隨。一家三口海水裡繞個彎後，一樣牽著狗繩，一起往沙灘游了過去。

「唉，阿嬌還不來。」

這時，堤面又走來兩個穿卡其制服，戴大盤帽、揹書包的高中生。他們一邊走一邊比著手勢聊得起勁，像在討論什麼。他們似乎沒注意到溝裂已在腳前。

「喂！」大頭風心裡一緊，喊了一聲。

他們沒聽見，繼續專注地講話，邁步前來。像是精密計算過，安排好了似的，兩個學生原本不一的步伐，竟在靠近裂縫前漸趨一致。算得眞準。他們沒有稍停，就在一陣浪靄噴過後，他們剛好走到裂縫開口邊，沒有低頭稍微看一下，他們齊步一跨，越過裂縫，踏入大頭風所在的這塊島嶼。

「啊！阿嬌怎麼還不來？」

兩個高中生跨過溝裂後，繼續前行，仍然比著手勢專注講話。這橫堤不大，這座島嶼並不寬敞，齊步走頂多十幾步就到了邊界，很快的，兩個學生走過島嶼切面，走到了堤緣。

「又來了，」大頭風開始頭皮冒汗，「阿嬌到底來不來？」

兩個年輕人仍是齊步走，沒有一點躊躇。

大頭風不想喊了，他別過頭去。他想，「今天的飛魚，今天的飛鼠。」何必在意？一大沱水花炸開海面，聽在耳裡，大頭風還是忍不住看向海面。兩個高中生浮起，一面扶了扶大盤帽，理了理肩上的書包背帶，彷彿什麼事也沒發生，繼續聊天，仍比劃著手勢，一樣轉個彎，從容地游向岸緣。

終於，堤底出現一顆白色蠕動的人影。「終於來了，阿嬌。」像是終於得到解脫，大頭風鬆了口氣。

阿嬌仍穿著蕾絲邊白色淑女洋裝。她攏了攏裙擺，伸手按下將要起身的大頭風，俐落坐下在大頭風身邊。大頭風心裡默數：「一、二、三、四、」他在想，阿嬌能堪得住多久的堤面熱氣；「七、八、九、十、」；沒想到阿嬌坐住了，她沉穩地坐住了堤面熱氣。

大頭風忽然很想對阿嬌講剛才這裡發生的事。

他開口說：「剛才，」

「我是，」阿嬌同時出聲。

「你先。」兩個人又講同一句話。

讓著、等著，兩個人沉默了一陣。

「我對心理有興趣，發現你是個不大一樣的人，所以約你出來。」阿嬌先講了。

大頭風只好微笑。他原來想對阿嬌說的事，聽阿嬌這麼一講，念頭轉回來，「還是不講的好。」

「換你講。」阿嬌說。

大頭風再一次落入被要求講話的窘境。他太熟悉了。

「屁股，很熱……」他說出口；然後他想：「幸好黃昏短暫。」

沒想到，阿嬌並沒如他預期的笑出來。她只是微笑，從坐下堤面後一直保持著微笑。

這情況倒是讓大頭風有些不自在。她的微笑讓他感覺，她有些跟平常、跟別人不太一樣。不僅微笑，阿嬌似乎很有耐心，用等多久都沒關係的眼神，等著大頭風開口說話。

「好吧，」大頭風想，「就告訴她剛才發生的事。」

他慢慢地說：「剛才，等妳的時候，有五個人，不，四個人和一條狗……結果，他們都跳下海去。」

「喔？」阿嬌指指海面：「這裡？」

大頭風轉過頭，看向岸緣。也許還來得及指出剛才跳水還游在海面的那四個人和一條狗。

是看到了。

沒看到跳水的那幾個，倒是看到了灘岸那頭，黑嘛嘛像芝麻粒撒了多少人頭浮在水裡。幾乎整個城市的居民都來了，其間也有幾條狗。

「喔，原來如此，」他忽然明白了，原來不過轉個頭來看，換個角度，剛才發生的事似乎就沒什麼好大驚小怪了。

一下子沉默，阿嬌仍然用那種微笑看著大頭風。

既然跳水的事沒什麼好講，接著，他不曉得能說些什麼。兩個人的場合眞是麻煩，不是你講就是我講。阿嬌的微笑和耐心等待，對象不是大頭風的話就是好事。誰會料到，若只是等著取笑大頭風，對他來說，反而是一種解脫。這天，他曉得，她並不是爲了取笑他而約他見面。也因爲如此，等待變成折磨。若大頭風也以沉默和微笑來面對，這個黃昏將沒完沒了。

「好吧，」就面對吧！無論如何都得找個話題。大頭風說：「那麼……爲什麼約這裡見面？」

「城市所有人都來了，爲什麼不？」

阿嬌算反應快，才一下子幾句對話她就明白了，跟大頭風說話不能這樣句點收束，而且不能等待。於是她立即補上：「那麼，講講你的夢好了，」她還做了說明：「每個人都有夢，每個人都有潛意識，像冰山下看不見的部份，夢能夠將每個人看不見的部份反映出來……」阿嬌還繼續講著，可是大頭風的心思已經離開。

這時，他想著的是「冰山」。「冰山是不是一座島嶼？不算是吧，它浮動著，並不根著。也許，大概可以說，冰山是一座浮在海面上的島嶼。」

阿嬌很快就發現大頭風心不在焉。她輕咳了兩聲，加重語氣說：「要不要，談談你的夢？」

大頭風回來了。「那麼……為什麼，為什麼妳想要我談冰山的夢？」

「喔，懂你意思了。比如說，我經常夢見一群立體方格子，沒有大小，一下子飄到眼前，一下子又飄遠，這方格子的八個角都磨蝕了，不再直角銳利；方格子的每一面都是細格子黑白相間。夢裡，每一次我都想仔細看清楚，那一群方格子到底是什麼？但從來沒有一次如願看清楚過。」阿嬌舉例說明。

大頭風沒有回應，等了三秒，阿嬌補充說：「你知道我的意思嗎？我的意思是，也許能夠從你的夢中，尋找我的夢。」

大頭風又出神了，「阿嬌在尋找她的夢，她說的，夢是冰山，冰山是無根的島嶼，那麼，她是不是也在尋找一座島嶼？」

阿嬌又咳嗽了。

大頭風像在泅泳中抓到了一只浮具，抓著了一絲絲頭緒，終於他說：「不是嗎？我們都在尋找一座島嶼。」

這句可是大頭風說的；他自己願意說的；不是被等待，不是應觀眾要求，也不是交代。但阿嬌搖搖頭說：「聽不懂，慢點，解釋一下，什麼是你說的島嶼？」

立刻，大頭風就縮回角落了。他心裡想，「解釋，爲什麼總要解釋？」

阿嬌明白，沒讓大頭風退到底，自己先做了解釋：「對別人解釋和對自己解釋，每個人都需要不斷解釋。譬如說，解釋宗教、解釋生命、解釋這樣、解釋那樣；不解釋的話，就可能被誤解；所以，解釋是一種智慧；要解釋得好、解釋得合理並不容易……」阿嬌劈哩啪啦一下子解釋了一堆。

大頭風聽著、想著的不是阿嬌解釋的內容。他想的是，「多麼羨慕啊，如果能像阿嬌一樣，腦子裡的思想，不用翻譯，就能直接轉換成語言，那麼流暢地說出來，啊！多麼令人羨慕。」

停了一下，阿嬌說：「你不必對我解釋什麼，如果你覺得沒必要。你也大可不必自我解釋，如果你覺得沒必要讓自己更相信自己。」

這下聽進去了，大頭風想，「會不會是因爲我厭惡對別人解釋，而忽略了需要對自己解釋？我是否因爲一直沒對自己解釋『島嶼是什麼』，所以只落得茫然衝撞？」他又想，「原來，阿嬌在追逐夢，她在尋找一座解釋過的漂流島嶼。我呢？我所尋找的到底是怎樣的一座島嶼？也許，如阿嬌講的，我所欠缺的，就是對自己清楚解釋。」

「可不可以講出來？」阿嬌知道大頭風腦子裡想著事，「如果你願意的話。」

「好，那麼……妳的島嶼，是什麼？」

「也許，就像你所尋找的島嶼，每個人都有無數的夢。也許，夢就是你所說的一座座島嶼。」

這時，海灣裡密密痲痲游泳的人群，漸漸往外瀰漫到堤頭海面來，一顆顆頭顱在湧浪裡浮浮沉沉。大頭風恍然明白了，不是嗎？海面上的每個人，每顆頭顱，不都是一座座漂浮著的島嶼？而且，每個島嶼都有自己的夢。

「那麼……妳打算怎樣、怎樣尋找妳的島嶼？」

阿嬌愼重地說：「我正在尋找啊！」她語調柔軟地說：「那麼，可不可以，可不可以告訴我你的夢？」她隨即又補充了一句：「如果你願意的話。」

大頭風大致明白了，原來要尋找一座島嶼，必須先解釋一座島嶼，解釋給自己聽，有必要的話，還得解釋給他人聽。

於是，大頭風試著將長久以來在鐵皮屋頂上游泳的夢，慢慢地講出來給阿嬌聽。這是第一次，大頭風向他人講自己的夢。阿嬌在一旁安靜的聽，靜靜地作筆記。

那個夏天，阿嬌時常約大頭風在他們的島嶼，T堤上見面。

「嗨，有沒有新的夢？」這是這段時間阿嬌對大頭風的招呼語。

「沒有，還是舊夢，沒有新夢。」自從那次將黑色海浪的夢講出來後，大頭風講話似乎流利許多。

「也好，講講舊夢，同個夢每一次都能有不同的講法。」阿嬌拿出筆記本。

「啊，妳的頭沒有我的大，所以，連夢也需要作筆記。」

的確如此，比較起來，大頭豐的夢似乎比阿嬌的多很多。而且，他的夢往往連細節都記得清清楚楚。

一段說夢話的日子過後，大頭風想，「阿嬌很認眞地在我的夢裡尋找她的島嶼，爲何我得在自己的夢裡徘徊？我應該繼續去尋找我的島嶼。」

回家後，大頭風攤開一張地圖在長桌上。他想再度出發去尋找他的島嶼。他曉得，沒找到新的島嶼，就不會有新的夢。

地圖四周全是藍澄澄的海洋；腦子裡浮現生日那天桌上皺起的灰藍色波浪；伸出的指頭，像在行走，他沿著地圖海岸慢慢繞了一圈。然後，他嘆了口氣說：「怎麼可以？宜蘭有龜山島；東北角有澎佳嶼、棉花嶼、花瓶嶼、基隆嶼；西部海域有六十四個島嶼組成的澎湖群島、還有許多沿岸沙汕；西南角有小琉球；台灣尾有七星岩；繞過來，東南海域有蘭嶼、綠島，這怎麼可以？唯獨這一段花蓮海域，這一段我的海岸，竟然是長悠悠一片空白。」

「我的島嶼在哪裡？」他的指頭在藍靄靄的花蓮海域來回摩挲，像一艘在波濤裡掙扎的船，「爲何我的海岸沒有一座可以觸摸的島嶼？」

「碰！」一聲，他有點失落的將手掌覆蓋在地圖中央。忽然，感覺到手心癢癢的，「會不會是中央山脈刺到手掌心？」翻開手掌一看，「啊，」他看著手心位置南投境內的一澤水潭，「啊，連不依海的南投都有日月潭裡的一座珠島。啊，一百二十餘公里長的花蓮海岸，竟然像塌陷了、沉淪了一樣，拱不起一座島嶼。」

「就是因爲沒有，所以更要尋找。」儘管有些失落，但心情篤定，他決心爲他的空白海域，找出一座島嶼。

這時，來了一個颱風，這颱風並不虛假迂迴，遠遠就指向花蓮，直挺挺指著大頭風長久的等候，一路呼風喚雨直接撲向花蓮。這年，吳豐雲、吳水奐兩位前縣長分別因貪污和瀆職吃上官司。

颱風眼在天快亮時，籠罩整個城市，那是暴戾風雨間歇的短暫寧靜，在這空檔，大頭風心底隱隱發抖，如悶雷響在濃厚的烏雲裡頭，他曉得，這一刻終於來了，幾十年無風無搖的沉悶，就像終於過渡到颱風眼的邊界，一股騷動就在前方不遠處覬覦，一場風暴隨時就要翻身而來。

天亮後的回南風雨，如大頭風所預期、所準備的，城市淹水了。

城市林立僵硬的水泥建築物，終於擺脫僵固，浮成洪水裡一座座獨立的島嶼；街坊成了河道，水流湍急；洪水四處竄流，一路沖刮出城市沉積多年的垃圾，沖刮出長年積贅的骯穢，每一條街弄都成了滾滾海峽。

幾條大狗掙打著水花在洪水裡打轉；沖來一扇門板，上頭兩隻肥大的老鼠像水手般在甲板上繞圈圈；一頭早已不再耕作的水牛，只露出牛角兩個端點動也不動地靜靜漂流；一罐裝骨灰的金斗甕在急流裡浮沉；水面上滑翔著的，看不出是飛鳥還是飛魚。

大頭風推開他的小窗，不同的島嶼浮在他心裡不同的洪水裡。這些，都不再是十數年前的那場洪水。

一絲像是貓嗥溵溵嬌弱的呼聲，漫進他的耳裡。他找到了，就在對岸島嶼邊緣，一位長髮少女兩手緊抱牆角的一根電線桿；很像他小時候那隻抱住電線桿的飛鼠；少女仰頭呼救，洪水漂漂，不斷沖擊著她，隨時都有可能將她帶走。

大頭風踏窗跳入洪流裡，橫游過湍急街道，他攀住那根電線桿停在少女身邊。少女一看到他來，放手電桿撲進他的懷裡，雙手如蛇蠕緊緊捆住他的脖子，兩腿交疊還緊緊夾住他的腰。他懷裡抱著少女，攀著電桿，洪濤一陣陣撞擊他們。少女長髮像一堆雜草，蓬亂地覆蓋在他臉上，他感覺到少女發抖的身體。

「聽著，」大頭風判斷了情勢後說：「我現在要放手，五、六十公尺那棵大樟樹看到沒，我們順流而下，抓住樹枝，那棵樹旁有一座三樓島嶼，幾秒鐘而已，忍耐一下。」少女沒有回答，只偎蠕了一下身子，抱得更緊更實。他感覺被完全信任的愉快。

順流而下，果然攀住樟樹枝椏，他們擱掛在樹枝上。大頭風在這次洪水裡救了一位長髮少女。

「多麼喜歡颱風洪水。」颱風過後，阿嬌打電話來，大頭風告訴阿嬌這次颱風他救了長髮少女的事。

阿嬌問：「是新的夢？」

解釋了很久，阿嬌才相信他不是在說夢話。有點黯淡的阿嬌說：「喂，我的一隻高跟鞋被洪水沖走了。」

「我幫妳去找，」大頭風立刻說：「白色或黑色的？」

「當然白色。」

「左腳？右腳？」

「左。」

「尺寸？」

「五——喂！你到底是找鞋子還是賣鞋子？」阿嬌好像有點生氣，停了一下說：「根本不了解我喔！」

「黑色海洋，白色島嶼，白色鞋子……嗯，應該不難找。」大頭風說：「水往低處流，妳的高跟鞋應該會像一艘船漂往海裡；若妳的船沒有打翻沉沒，應該會被拍岸浪濤吐回海灘上。」

準備了雨衣、雨傘、一瓶礦泉水、一條土司，請了三天假，他出發去尋找阿嬌被洪水沖走的高跟鞋。

從市郊海邊找起，大頭風越過堤防，踏進一片被巨浪重新洗牌，重新整理過的沙灘。颱風已經遠去，天空雲絮盡被席捲走了，天空清朗，空氣乾淨。

大海的反應總是慢半拍，像嚴重受創還低著頭在怨憤療傷，濤浪層層疊疊從天邊滾滾而來，白浪泡沫在轟轟悶響中一波波湧推上岸。

沙灘上擱淺的漂流物堆積如山，像是大海受不了颱風浪而暈眩、嘔吐在灘上的穢物。海與岸之間，漂流物堆積成一道壯觀的圍牆。被岸上遺棄隨洪水沖漂下海的雜穢物，彷彿岸上不要的，海水同樣不要。這時的大海，不斷揮舞長白浪臂，將海面上的漂浮穢物推回岸上，海灘變成是被陸域及海域兩方遺棄的廢棄物堆積場。

山林的屍骸、漂流木，蒼白、赤裸、錯雜地躺在海灘上，像是還冒著嫋嫋硝煙的戰場。從山頭坍塌開始，一路碰碰撞撞，褪脫了樹衫外皮，折斲了枝椏，扯裂的傷口，都在訴說著風雨剝離的苦楚，訴說著碰撞、磨擦、掙扎、排擠的過程。「解釋有時並不需要言語，一個最後的姿勢，足以說明一切。」大頭風體會到，「當喘口氣終於躺定在海灘上，接著，太陽會曬裂，風雨會腐蝕。它們出發之時，原本山嶺挺挺直立，誰料到會是這樣的下場。」

瓶瓶罐罐塞在漂流木間隙裡，大的、小的、玻璃、塑膠、胖的、瘦的、裝飲料的、裝農藥的、裝清潔劑的，如今空著腹，沒一絲氣息的躺在屍木堆裡。許多花彩繽紛的塑膠袋，垂死的，如松蘿菟絲般披掛在枯枝上。更深層裡頭，那被陽光拒絕的陰暗裡，有各種各樣保麗龍碎屑、有小朋友的玩具、有粗粗細細鬆綁了的繩索、上岸的漁網、雜七雜八糜爛的樹葉、草桿、竹頭、海藻。再底下可能有魚屍、雞屍、狗屍、豬屍，或許還有人屍。

大頭風在上頭攀爬，陽光蒸曬，陣陣葷素交雜的糜爛味被汩汩蒸出。如果瞇起眼睛，塞住鼻孔，大頭風想，這簡直是擁有多種多樣生物的熱帶雨林！差別的是，這裡所有一切都是虛浮不著根的，都經歷過摧殘折磨，都曾經濃濃淡淡泡過海水和淡水。最後，等著枯槁腐蝕，等著生蟲潰爛。若是和生氣盎然的熱帶雨林相比，這裡雖然一樣繁複，只是少了生機，多了寂寥。這是一堆被這個世界剝落、淘汰、遺棄的亂葬長墳。

大頭風看見一隻綠色塑膠拖鞋—到處買得到十五塊錢一雙的那種；鞋尖指向南方。沒兩步路，又看到另一隻藍色拖鞋翻覆在沙礫上，鞋尖一樣指向南方。「啊，訊息，啊，這兩隻一綠一藍、一平一反的拖鞋，是這場暴風雨擲出來的杯筊。都指示阿嬌遺失的高跟鞋，應該就在南方。」

訊息更清楚了，越往南走，大頭風發現拖鞋越來越多，綠的、藍的、紅的、黃的、橘的都有，而且沒錯，全都指向南方。一路上，許多城裡的人出來尋找他們被洪水沖走的拖鞋。

過了南濱，過了洄瀾灣，渡過花蓮溪，屬於菲律賓海板塊的海岸山脈從這裡昇起，向南綿延兩百多公里。漂流物長牆也像一層新生的地質板塊，一路相伴。

接著，大頭風找到步鞋海灘。位置在鹽寮村，名牌、雜牌都有。布鞋不分階級、貴賤、本土或外來，彷如族群融合似的擠成一堆。每一隻步鞋鞋面都相當乾淨，像是用力刷洗過，也像是一群到沙灘上作日光浴的單身漢。泡過海水，他們原來的伴侶已經流離，這輩子可能再也無法尋找到失去的另一半。

大頭風越走越有信心，尋找一座島嶼也許比較困難，但尋找一隻高跟鞋應該容易多了。他期待著，下一個海灣就可能出現高跟鞋海灘。

皮鞋海灣碰到了，這裡海灘上的所有皮鞋都端正站著，像一支訓練精良的部隊，沒看到任何一隻慵懶翻覆的。

雨鞋海灣上的雨鞋則是全倒，沒有任何一隻站得住腳。

第一個夜晚，大頭風在水璉沙灘上睡覺。天空星斗繁閃，可能幾十萬光年的距離，仍然趕來相會。夜深後，星星們降下高度，不再遙遠；夜空也跟著低垂，不再遼闊。

半夜，許多不知名的小蟲子從沙子裡鑽出來，將大頭風當作是漂流擱淺的魚屍，小蟲子爬在他身上啃咬。他起來穿上雨衣，蟲子們並沒有因爲穿上雨衣而放過他，整群往頭髮裡鑽，啃他的頭皮。蟲子和星子鬧了一夜。

天亮後，大頭風繼續往南走，不久，遇見一座鼻岬。浪濤漫到鼻岬崖壁邊，無法涉浪通過。這時，東北邊天際漫起大片藕紫色瘀傷似的雲絮，細沙開始在灘上奔跑。北風來了，又是一場風暴成形。

大頭風穿上雨衣，坐在灘上像顆石礫動也不動。還找不到高跟鞋，無法對阿嬌解釋。瘀傷雲絮很快覆蓋了整個天空，先是踢踢踏踏，沙粒打在雨衣上；他低下頭，躂躂嘌嘌，雨點開始敲在身上。雨蛇活溜溜的，好幾條從領口鑽入他的胸膛，越鑽越深。

荒郊海隅，一場風暴來去。

不知過了多久。當所有碎碎雜雜的聲音離開他的身上，大頭風抬起頭，海面，黑鐵皮屋頂似的黑壓壓一片洶湧。這是他的夢，他的舊夢。耳膜這時響起一個聲音，「就在這裡。」

不曉得爲什麼，這時，他覺得自己曾經是一條魚。

身子又冷又硬，他想，會不會曾經是一條擱淺在岸上，只剩一口氣存在的魚？

前頭沙灘路斷，一座鼻岬擋著，看似絕境。他試著沿崖壁攀爬，很快找到一條可能是釣魚人踏出的小徑。

橫過斷崖，攀壁崖盡後，一泓柔美沙灘豁然開朗。這時的大頭風充滿信心，他認爲苦盡甘來，磯碕海灘將會是個高跟鞋海灘。

意外地，這個海灘鞋子不多，不曉得是否因爲細沙柔和，想脫了鞋走路。稍南一點，發現了涼鞋海灘，灘上到處薄薄一片，像一片片小舢舨。

「難道高跟鞋都沉沒了？」在海灘走了兩天，還沒看到任何一隻高跟鞋。

在新社海邊，大頭風過了第二夜。

一艘輪船亮著船燈經過外海，像飛在海面低空的一群星辰。夜半下了雨，他裹緊雨衣側躺，雨滴在雨帽上嗶嗶啵啵對準耳鼓敲打，蟲子們紛紛躲入雨帽內窸窸窣窣；浪濤聲忽遠忽近，有時迫在腳邊，有時遠在天邊。這夜的潮汐起起落落，彷彿失了節拍。

第三天一早，大頭風越過豐濱溪，陽光剛剛從海天之際的雲縫間露臉。早起的螃蟹踮著腳尖，神經兮兮地在灘上橫行。灘緣林投矮木叢裡鳥聲清唱，仔細聽時，竟然啁噪吵鬧。浪頭魚隻跳躍，透過晨曦，幾波拍岸浪牆上竟鑲著魚隻翦影。晨間的海灘充滿了甦醒的熱鬧。只是，少了高跟鞋。

「啊！」大頭風忽然驚叫一聲，音量幾乎壓過了原本熱鬧的海灘。不是發現高跟鞋，而是一座島嶼。

他前頭亮晶晶的海面，閃爍著一座幻影似的島嶼。

他開始沿著灘緣奔跑，涉浪踩踏，奔向那座在地圖上並不存在的島嶼。他急躁踏起的浪花，如機槍隨後掃射。「這不得了的事，」他一面跑、一面瞪著那島，一面唸著，「這原本並不存在的島嶼。」彷彿不這麼做，那座島就要幻化成影，如煙靄一般消失在原本就不存在的浪頭裡。

喘嘘嘘的，原來就濕了的身體這下更溼了。他想，這都不要緊，只要出現在眼裡的是一座眞眞實實的島嶼。

離岸大約六十尺，海面上，果然有一座島嶼。

確定了，不是幻影，是一座黑色島嶼。

面對島嶼，他停在浪濤裡，一波波拍岸浪濤不住地湧推著他，像要趕他上岸似的。他退兩步又掙著拼前三步；一來一往，他走到水深及腰處。

「終於找到一座島嶼！」

這是一座離岸火山岩礁，石礁上沒看見樹木，「有什麼關係？島嶼可以沒大沒小，沒顏色差別，」他想，「但是，島嶼要有居民，有了居民，才會有屬於這座島嶼的夢。」

「我要登島，我要登島！」這聲音在他心底波波響亮，這是一座不在地圖上的島嶼，是被排除在島嶼版圖外的一座島嶼。重點是，「我發現了這座島嶼，只要登島，便會功德圓滿，完整成爲一座島嶼。」

他泡在海水裡，觀看了許久。這座岩礁有一高一低兩個峰，越看越像是踮著腳跟踩在海面上的一隻高跟鞋。「一路上所有的訊息，不是都在指引我找到這高跟鞋？只是，找到的這隻高跟鞋，又是黑色的，不曉得阿嬌能不能接受？」

洪水裡都游過，這六十尺距離不算太難。

一潾潾波折裡，海水鹹鹹澀澀，好幾次嗆入喉裡，浪花也沁疼了他的眼睛。忽然，他覺得這場景熟悉，好像是他游在鐵皮屋頂上的夢。一想到這個夢，他開始感覺到來自背後被追迫的壓力。他不自覺地加緊手划、腳踢，他想掙脫那場持續了數十年的夢魘。

游近島嶼時，浪裡，他回頭。這次，他想看清楚，那在他夢裡追逐他的，到底是什麼？

回頭，嚇一跳。

盈滿在他眼裡、壓迫著他的，不過是一列蒼鬱的海岸山脈。

從水面回頭，原來並不特別高聳的海岸山脈，這時，傾斜的、動作的，像一湧遮天巨浪，如一波海牆自天頂捲覆過來。

攀住岩礁時，他看見水裡一條黑白相間的海蛇。

島嶼是一座火山集塊岩，面積大概一張乒乓桌大小，岩礁裂縫處長出幾株稱為鐵草的禾雀舌，不少俗稱「白袋仔」的扁平螃蟹，爬在礁壁上，有幾隻已經曬乾，剩下一具空殼仍緊緊抓著這座島嶼。沒看到海鳥，但島上不少鳥糞。

「不登島不曉得，原來，原住民還眞不少。」一想到這，他覺得登島前的那股激動與豪氣，挫折了不少。

他仍然繞著島緣巡視了一圈，然後，坐在這座島上的最高峰。

就這樣，好像也沒什麼事做。

他想到，也許應該抽出背包裡的雨傘當旗桿，將雨衣綁上去，並設法把這根旗幟插在他的島上。但他沒有這麼做。

一艘漁船遠遠指著他的島嶼駛來。

他靜靜坐在高跟鞋尾部這座島嶼最高點的寶座上等待。等什麼？他並不清楚。只知道，必須這麼等著。

鐵草開過花又謝了，湧浪淹沒了大半個島嶼，螃蟹來到他的腳邊。漁船靠近島嶼後，轉個彎，並沒有放慢船速。日頭已經西斜，潮浪又退落了，水位下降到鞋跟都快要露出海面，一隻燕鷗撲翅，停在他的島上。那艘靠近的漁船從島嶼邊緣駛過，船上沒有任何一個漁人，如他所預期的那樣看他一眼，彷彿他並不存在；漁船像一顆靠近後又冷漠離去的彗星。原本濕淋淋的衣服全曬乾、風乾了。

這時的島嶼，已完全籠罩在海岸山脈的陰影下。

擁有這座島嶼，或者說被這座島嶼擁有了一整天以後，他想，「就這樣了嗎？當擁有一座島嶼……」

他想起一則聽來的故事，說有位航海家，在南太平洋發現一座海圖上沒有標示的小島；他興高采烈地拿著旗幟登島，將旗桿高高插在岩礁上；可是，漲潮時，潮浪淹沒了礁岩，只剩下半支旗桿露在海面；總得等退潮後，他才能片刻完整擁有他的島嶼。但他仍然堅持駐守這座他發現的島嶼。好幾個月過去了，最後，一方面因爲沒人理他，另方面食物、飲水都用盡了，他才決定棄守這座島嶼。

從那座黑色島嶼回來後，大頭風覺得悵然，雖然阿嬌並沒有責怪他沒找到高跟鞋。擁有一座島嶼，似乎不是他想像的這麼一回事。

他想，也許再怎麼努力尋找，這世間可能並不存在任何一座可以滿足他的島嶼。

他問自己，「還繼續找嗎？」

一時沒有答案。

幾天後，他再次站在辦公桌前的窗口發呆。腦子裡不斷回想他登島那天，那艘靜靜靠近，沒看他一眼，又靜靜離開的漁船。重點不在那艘船爲什麼不看他，而是，爲什麼要靠近？又爲什麼不當一回事的離開？

一顆鮮紅色氣球朝著他的窗口飄來。他探頭看了看樓下，沒看到釋放這顆氣球的小孩或小丑。

氣球飄近他的窗口。這時，回答了，那個聲音終於回答了。那聲音乘著氣球來。「尋找島嶼，一旦開始便無法停止。」愣了一下，氣球沒有碰到窗口，彷彿一股氣流暫時懸住了這顆氣球。

「一直沒找到也不會停嗎？」大頭風問。

氣球徐徐轉動像在轉彎，「會轉彎，不會停，像個念頭，一旦行動便停不下來。」氣球轉個彎，看來要飄走了。

「如果我有一雙翅膀，會容易多了。」

「也許一艘船。」留下這句話，氣球飛走了。

「啊，原來我需要的是一艘船！」

恍然大悟。

沉默了幾天，大頭風決定往海裡去。

當大頭風解釋他的決定給阿龍聽。

「風仔，你大頭底攏是屎，知否？」阿龍這麼回應。

阿嬌好一點，她說：「但是，有必要造一艘船嗎？」

「阿嬌，我的夢是一艘船，是漂流著的，我需要用漂流的船，來尋找一座穩固的港，我的夢才能停泊，我的漂流才能終止。」

「聽起來是好的，」阿嬌抱了一下大頭風說：「好吧，等你回來說故事。」

大頭風的新船在造船廠裡建造，這期間，他跟一位老討海人出海，學習開船及海上生活。

每趟出海，大頭風都會趴在船舷上嘔吐。先是淡黃色胃液泡沫，接著是青色膽汁；像重重病了一場；老船長一旁看著也不說什麼；最後，他吐血嘔出了舷邊一灘紅鮮鮮的海水。老船長也不過嘆了口氣說：「走不識路？」

倒是相當篤定，他明白這是到海上世界來不可省略的過程。像個嬰孩，每一步都得重新學起。學習怎麼呼吸，怎麼吞吐，怎麼活下去，怎麼去抓捏船隻搖晃的韻律。他知道，終會跨越這些門檻，就像人造衛星一旦發射出去，自然會去摸索運轉的軌跡。

他看得到，死去後活轉過來的自己，唯有死去才能活過來。他曉得，這樣他才有可能在這個新世界尋找新島嶼。

他相信島嶼存在，所以他苦苦承受。

老船長看在眼裡，原本並不多話的老船長，開始對大頭風講些海上經歷。他們在船上一起大碗喝酒，大塊吃魚。有一次，他們經歷了一場海上風暴，每一褶風浪都傾軋船側，讓船隻像是跛腳斜掛在浪牆上爬行，每一波暴浪都蓋過船舷，甲板上竄流的洪水狂暴地試圖沖他落海。老船長並沒有教他什麼，最多只是提醒，就像老船長無法教他如何避免暈船。老船長只是陪著他一起生活、一起承受風浪、一起流汗以及一起面對生死。

大頭風體會到，海上沒有捷徑，一個搖晃換來一分生存能力。

船舷裡往往就單調的引擎聲爲主奏，對話只是偶爾的插曲。老船長從沒要求大頭風解釋什麼，也絕對不會有興趣知道大頭風頭殼裡裝的是什麼。

像是喝下了一碗海洋的因緣湯，大口喝下，大口吐出；之後，過了暈船階段，無論舷內舷外，他開始喜歡甲板上的日子。

他感覺船隻就是一座浮泛的島嶼。島內單純，考驗的是個人在島上的生存能耐。他時常坐在舷邊，觀看島外的世界。船身攪動水波，那飛魚，煙火似的整群振翅飛起；那不知名的小魚，弄綴了原本的鏡面水域；那水母群，無畏懼的飽滿，緩緩漂過舷側；那海龜悄悄探頭好奇；那武士樣的鯊魚，點出背鰭及尾尖，巡逡款擺……這看似單調的海域，內藏不可測的繁華，如那不可知的深邃。

何況那完整的天空、完美的朝霞和晚霞。

這些，只需體會，不需解釋。

一兩個小時就在船聲、水聲的靜默中過去了。

時常，老船長掌舵，大頭風坐在舷角看海。一兩個小時，他們彼此沒有任何一句話。他們從來不問對方：「在想什麼？」

「你認識幾個島？」有一次，港渠碼頭上整理漁網時，大頭風問船長。

老船長沒有停止手頭上的工作，眼神直直看入大頭風眼底，足足有三分鐘。慢慢的，他回答：「多咧！海面上的還是海面下的？」

「海面下的也稱作島？」

「海面下有山、有溝、有窟，只是眼睛看不到而已，當然都有。」

「你認識幾個島？海面、海下攏總。」

老船長停下工作，慢慢一根根扳起指頭來數；心思似在遙遠海上。他扳完了十根指頭後，又一根根翹回來數。

「不會吧？地圖上一個也沒有。」

「這是海圖，」老船長指指自己的腦袋瓜，「都裝在這裡。」

老船長說，捕魚靠天、靠運氣之外，靠的就是腦子裡這張海圖。他說，水面下的島，對魚群來說，就像是飛鳥和森林的關係。每顆島都是海水裡的山尖，浪流圍繞像是雲湧。只不過峰頂露出水面的，習慣稱作「島嶼」，沒露出水面的，叫「暗礁」；對捕漁人來說，同樣都是島嶼。

漁人在意的不是有沒有露出水面，而是島嶼在水面下所形成的山脊谷溝，魚群往往住在那裡。

「知道了，」大頭風自言自語，「無論露不露出海面，島嶼住著無數居民。原來，船長每趟出海，都是在尋找島嶼。」

「講啥？」

大頭風將他的島嶼、他的新船，漆成像海水一樣的墨藍色。

新船下水那天，老船長拎著一串鞭炮和一箱啤酒來，笑瞇瞇地對大頭風說：「祝你順利。」

大頭風只跟船長問過島嶼，不曾告訴船長他尋找島嶼的事，沒想到船長好像知道。這個世界，語言似乎不那麼重要。

大頭風時常獨自出航，一整片海、一大片天，是他一人獨有。他沒有捕魚的目的，時間自由自在沒有限制，沒有刻度，沒有意義。北風來，南風去，海面遼闊到足以讓大頭風和他的船，可以無方向，可以橫直去。

潮水來，湧浪去，一下遠，一下近，日頭、月亮和星辰，還得交班輪替，大頭風和他的船，可以在這裡夢遊盤轉。

他接著發現，海上是一處避難所。

任何他不想參加又難以推辭的聚會，當他厭倦看到哪個人時，當他不想聽見門鈴聲或電話聲時，當他想獨處時……只需要發動引擎，不需要任何解釋，船隻就會載他到不需要言語的世界。遠離岸緣，遠離麻煩。

「啊，明天五點要出海。」他在電話裡常常這樣講。

這難以被理解的領域，船隻和海洋，根本無從追問。阿龍疏遠了，阿嬌也疏遠了。兩個世界相隔，之間沒有相通的橋樑。

「啊，這片海洋，這艘船，如今我搭著一座島嶼尋找另座島嶼。」

四十一歲生日那天，像是為了脫逃。一早，他便將船隻筆直離岸驅駛。直到山頭看起來剩下山丘土堆，濛濛一坨浮在海天之際。

「嘿！那座島和這座島。」停船後，大頭風笑了。

若天氣晴朗溫和，大頭風喜歡將全身衣褲脫光光，赤裸裸地面對海洋。他有時敞開喉嚨大聲唱歌，偶爾大聲呼喊，這是他幾十年來一直想作的一件事。大多時候，他靜靜看著舷邊的魚群，或者天空。

當他唱歌或呼喊時，海面常有風聲或浪聲回應。這個世界沒有嘲笑，嘩啦啦回應他的都是掌聲。從不吝嗇。

這天，大頭風把船隻泊在海中央，不論好壞，他高聲唱了一首情歌。

「啪啦！啪啦！」船尾響出兩響，異於尋常細碎的大掌聲。

回頭看時，船尾海面伸出黑漆漆足足如岸上一棵小樹那麼大的巴掌。那片巴掌，流線優美地傾彎，一下下、一下下，穩重地拍擊海面。這是他見過最大片的巴掌與最熱烈的掌聲。

一會兒後，「嘩啦」一聲巨響，相距不到三尺，舷邊拉拔起大股湧浪，這頭巨鯨整個冒出海面。

足足有大頭風的島嶼兩倍大，牠圓滾、飽滿，「噗嗤」一響，高昂水霧從牠頭頂冒出，水氣騰飛半空。

「啊！多麼偉大的一頭島嶼。」

這座島嶼上長了許多藤壺和附生物，有幾條印魚貼在上頭。這座島嶼並不美，但是巨大且友善。

大頭風慢慢開著船，巨鯨在他舷側一起緩緩前行。船隻內側，岸上浮著的山頭，也在這時動了起來。

三座島嶼，平行並走。

藍靜飽滿的天幕，以為無止盡的，最後還是沉落天際。積雲叢叢昇起，如天塊崩落激起的水花，如遙遠天邊一列棉花樣的島嶼。

一艘小船拖長了船尾白沫，遠遠航向天邊那朵白雲。

小船衝波撞浪不停搖晃，一波越過一波，如在浪褶裡摸索。
一波越過一波，再怎麼努力，也到不了天邊那座虛緲的島嶼。

5 脫困

我回頭看受困的自己，
感覺宛如從渾沌世紀一路盤古走來，
終於得到機會回首看望四十六億年的疲倦經歷。

我回頭看受困的自己，感覺宛如從渾沌世紀一路盤古走來，終於得到機會回首看望四十六億年的疲倦經歷。

西天山嶺張大了喉嚨嚥吞夕陽，熾亮了一整天的火球收束光暉，快速下沉。天色漸漸昏黃，山脈背光鬱鬱。只剩下東邊天際斑孄紅霞海面反照。天地迅速收攏表情，這一天的燦爛將近尾聲。

這一刻，我體力耗盡，幾近虛脫的仰躺在後甲板上喘氣。全身都濕透了，有些是海水，大部份是汗水。

體能耗盡後，眼裡浮起一層白煙，無法聚焦。天空裡還殘留些許晚霞餘光，但看起來朦朦朧朧，天空裡，像是密密麻麻張起了一層如白紗的薄網。氣溫驟降。

我心裡反覆盤算著，在天色完全暗下來前，無論如何，一定得想個辦法解脫。但是，能想的，能作的，差不多一遍遍都試過了。過去的五個鐘頭裡，我努力、掙扎過，幾乎是拼了命，也耗盡了所有體力。結果還是被困在這裡。

沒想到，耗盡體力的感覺就跟生了場重病一樣。劇烈嘔吐後，身體開始打顫，喉頭乾澀緊縮，每一口吞嚥或吸氣，都像是一團荊棘扎過咽喉。我儘量張開嘴巴喘吐，嘴唇不聽使喚地不住顫抖。

捕魚這麼多年來，這一刻，終於如此眞切的感覺自己是一條魚，一條被捕獲、丟棄在甲板上的魚。

下午一點左右，我開著膠筏，抵達鼻岬下海域。

陽光辣豔，光波點點海面跳閃。船隻似被海面光點托住，浮泛在大片亮熾夢幻裡。

拉下油門桿，退開離合器。船隻滑行一段後漸漸停住。鼻岬再過去一點就是深水海灣，鼻岬下卻是個淺礁海域，複雜的海底地形，使得這裡的海流變化莫測。討海人說「魚吃流水」，意思是多變的海流，形成富饒的漁場。

停船後，船尾約一浬外就是灣裡，隱約可見幾顆橘紅色浮球，浮泛在亮熾茫茫的海面上。那是定置漁場，一種將大型網具張置在沿海海域，網口對準海流，讓魚群隨流水進入的大型海上陷阱。

定置漁場的浮球成排串接，遠遠看去，眞像一座在光褶裡浮浮沉沉的橘紅色牆垣。

我觀察了一下定置網和船隻的距離，一浬間隔，安全應該無虞。

意外之所以稱爲意外，就是什麼時候發生、爲什麼發生，均出乎意料之外。當意外發生後，總是經由回想來拼湊，才可能恍然明白，是怎麼樣不經意的疏忽，造成這樣的結果。這過程其實是一點一滴醞釀著，而且往往是不知不覺的。

面對意外，懊惱或氣極敗壞都無法改變眼前的事實。尤其當意外發生在「再也沒有比一個人、一艘船航行那般孤獨」的海上。

「問題解決了，才能轉身，才可能回得來。」這是討海人面對意外的現實處境。不像岸上，通常還有很多機會等待救援。

果然是好漁場，船停下不久，舷邊海面立刻就有了回應。

右前舷海面，翻汩起一團白浪，如玻璃平面突兀冒出一團湧泉。那團冒突，像極了爐灶上滾開了的一鍋水。

那是一群小魚，像是受不了滾浪熱濤，紛沓地縱身躍出海面，爭搶著在水面上疊羅漢。密密麻麻，爭先恐後，一群疊過一群。

滾浪間，數片銳利如刀的薄翼魚鰭，圍著這團冒突挺挺衝撞。

「啊，帕花！」我心頭一呼。

討海人稱這樣的洶湧掠食景象叫「啪花」；這是一群齒鰹，圍住了一群苦蚵魚，正在瘋狂掠食。

不僅討海人，我想，任何人看到這海水滾開了的景象，情緒都會被感染如火勢燎開來的激昂。

這時的苦蚵魚和齒鰹都幾近瘋狂，差別的只是，獵與被獵、爭食和亡命。這時的苦蚵魚，所有的意志應該只剩下奮不顧身的亡命。水裡被堵住了，只好穿破海面躍到空氣裡來。這時的齒鰹，全身精力都化成喳巴、喳巴囓動的嘴頷，殺紅了眼似的，這時的齒鰹激動、暴虐，任何水裡晃動的形影，牠會毫不考慮地衝上去就咬。

我知道，我的衝動來自討海人的本能，這情況只要一條假餌拖動，就能解救無處可逃、正在受難中的小苦蚵魚。

兩三步奔到船尾。匡噹一響，掀翻後艙蓋，一把抓出拖釣繩鉤。

繩鉤太久沒用，顯得有些凌亂糾結。

心頭躁急，海上遇見「啪花」的機會並不多，而且，這番熱鬧就在船邊上演。像一團火烘烘炙烤著我的眼、我的手、我的血。我跪蹲在後甲板，急躁地拉扯漁線，想盡快將拖釣漁繩理出個頭緒。

越是心急，越是忙亂。

我一心一意只想盡快下鉤拉魚。

漁線被我扯拉得亂成一團……

不記得蹲在那裡低頭亂了多久。

當我終於理出個頭緒，持著拖釣繩頭準備下鉤時，海面空空蕩蕩只剩曳曳水波。那團水滾了樣的熱鬧「啪花」，早已散場。

低頭忙亂整理繩鉤這段時間，船隻被水流拖帶著漂浮行進。我得承認，確是見獵心喜，而忽略了這個海域海流湍急。我是忽略了離船一段距離外的定置漁網。

這段時間，船隻被海流夾挾，不偏不倚地倒退著，漂進了滿佈橘色浮球的定置網口。

警訊從後甲板開場。

先是「喀刻、喀刻」，陣陣如老房子崩倒前的痙攣顫抖。聲響不大，但清晰尖銳，如在啃咬心肝。我回頭看時，整隻堅硬無比的不銹鋼船舵支桿，竟像暴風雨裡的纖弱樹枝，停不住地搖擺，止不住地顫抖。

這才警覺到，麻煩不僅已經敲了門，而且還大方地自己開門進來。隨即甩掉手上繩鉤，趴下船舷，看向船底。

不看不怕，看了才知道不得了，麻煩大了。

船下不再是平常的藍鬱鬱海水，而是像鋪了張大帳幕般，全是張揚蠕動著的大片褐銹色漁網。網絲受海流搧動，紛揚如千萬隻指掌，一下下攀抓著船腹。

船還繼續漂著，突出艉腹下的船舵先被抓到了，「喀刻、喀刻」地發出顫抖呻吟。

船隻才進網不久，尚未深入。我是想大車衝撞，也許還來得及脫離網場糾纏。

撞進駕駛艙，推倒離合器，逼緊油門；火燒樣的速度；我讓引擎猛力催動。

引擎重咳一陣，幾聲哽咽，似在抽泣……

船身抽搐顫顫，

最後的掙扎，

引擎熄火。

倒霉時，慌亂時，任何決定都會像探向波谷的船艏，只會越探越深。

兇兇掃轉的槳葉，掃抓了大把網絲，卡死了。

船隻掛網，如同誤入陷阱的獵物。

定置網碗口粗的網纜，串接一整排粗壯浮球。船隻被關進了網場這所大監牢裡。不僅如此，槳葉絞掛了網絲，船隻形同被上了手銬、腳鐐的重刑犯。

水裡漁網亢奮囂揚，似在手舞足蹈，慶賀著抓到了一條大魚樣的小船。

一身冷汗，我看著船下網子紅雲滾滾。這下如何解脫。

海流仍然湍急，船隻雖被卡住，但腹下仍「嘰嘰、聒聒」震顫不斷。那是船舵和槳葉不堪背負船隻隨海流前衝的力量而發出的呻吟。不立刻著手處理的話，船舵、槳葉都有可能像嬌弱的花朵，在這樣的摧殘下變形，甚至，整朵都有可能被辣手攀摘了去。船隻若是失去了舵片或槳葉，將會像一個人被砍去了手腳。到時，船隻若是幸運脫困，失去了動力及方向的船隻，面對的將是更大的不幸與危險。

不能猶豫，我得儘快動手搶救船舵和槳葉。

這時，又想到不久之前，才犯下的兩個重大錯誤，都是在慌亂中下的決定。爲了避免困境更深一層，我深深吸了口氣；我得清楚思考，得在穩當的情緒下才動手。想是這麼想，但，事實情況已經如引信點燃，每一分、每一秒都緊扣著，都關係到能否脫困，能否平安回家。

現實狀況已經不允許多想了。我開始動手鬆卸撐住舵柄支柱，已經銹蝕斑斑的四根螺絲。然後，將至少六、七十公斤重的不銹鋼船舵，整座拉到甲板上來。平時，那需要兩個粗壯的討海人一起使力才能拔得上來的船舵，如今，難以相信狗急跳牆火燒樣的氣力，我竟然用蠻力拔扯了上來。

船下那纏黏好鬥的漁網，似乎不甘心沒能順利摘掉船舵。這時，紛紛轉移目標，用全部的力量，用來扯拉槳葉。少了船舵的分擔，此刻，船腹下的槳葉承受船隻隨海流所有的衝力。「咿咿、呀呀」，啊！可憐的槳葉，不斷發出如被緊掐喉脖，瘖啞如絲將要斷氣的呻吟。

船舵，因爲是不銹鋼材質製造，或許能稍微耐得起拖磨。接著，受迫害的槳葉，是由質性較軟的紅銅鍛造。看過一部災難電影，主角面對先救母親或先救妻子而猶豫。舵和槳，如船隻的心和肺、手和腳，均不可缺。如果我有四條手臂，當然兩者會同時搶救。所以先救船舵，只是因爲舵板沒讓網絲給纏死。

接下來的救援，困難更大，時間也更急迫。我必須在槳葉受到暴力摧殘、扭曲變形或被扯斷前，將整座槳葉提縮進船肚子裡的槳葉凹槽裡。

我俯趴在凹槽裡，口裡重重喘吐，船下不斷傳來咿呀求救。越催越緊，越催越緊。銹紅色漁網紮紮實實纏絆著槳葉不放，我咬牙、憤喊、脹紅了臉與網絲搶拉槳葉，像在拔河。最終，槳葉只讓我拔高不到一尺，仍然「咿咿呀呀」，就要斷氣。

我衝進艙屋，提了砍刀出來。折了腰身，我整個上半身從凹槽憋氣探入水裡。拼了，拼了，見網就割，見網就砍。

出了水，「匡噹」一響，丟下提刀，立刻又去拉拔槳葉，提昇了兩吋……再鑽入水裡，又去砍割。

割一點……提一點。

往返不知幾趟。

終於將依依戀棧的網絲，一一砍除。終於，槳葉停止呻吟，硬是被我拉進船腹的凹槽裡。

槳葉不堪摧殘，三片槳葉中的兩片，硬是被折掉了約五公分邊緣。

「跛腳總比沒腿好。」我想。

以為可以稍微喘口氣。

但排解掉網絲糾纏後，船隻鬆綁，搖咧、晃咧……船隻在網場牢籠裡開始搖晃漂動，朝網底深入。不立刻想個辦法止住的話，船隻將隨海流深入更錯綜複雜的網袋裡。

一陣倉促使力後，喉舌虛燥，幾聲乾噁，嘔不出東西。眼底翻黑，火星亂轉，衣衫盡濕。我暈船暈得像是從來不曾沾過水、不曾航過海的人。

舷邊水色沉重，海上黃昏一片寧靜，紅霞霧靄瀰漫。兩隻回巢的燕鷗，輕啼掠過船頂。

我茫然了，接下來還能作什麼努力？

「如果阿清在船上就好了。」忽然想到平時和我同船一起捕魚的阿清。

如果現在阿清在船上，我或許一點也不必為眼前的困境擔心。過去，我和阿清一起在海上，遭遇過許多狀況，阿清個性沉穩，加上對機械及海況都有相當經驗，他總是能想出辦法脫困。更重要的是，臨近夜晚時，若船上有個同伴，即使發牢騷傾吐兩句，多少都能化解一些孤苦無依的寂寞。

我的體力已經透支，還得孤獨面對藍鬱鬱、空曠曠的海水，以及接下來的許多狀況。

「唉！」我嘆了口氣，然後自言自語地說：「阿清還躺著吧？」

這趟出海前，我去探望阿清。

聽到我來，阿清在房裡咿唔著喚我進去。

他鬍腮滿臉，額頭白皙，可能躺久了，眼神有點失焦渙散。每次來看他，都覺得他的身體又萎縮了些，像是顆快速消癟的氣球。

阿清像一條被困在岸上，越跳越乏力的魚。

他說他的病，醫生已經不敢動他，只拿了藥，叫他回來等。

「等死啦！」阿清自己這麼說。

海流繼續強勁，船身受壓迫，一側偏倚在網纜上，舷牆和定置網浮球磨擦，發出「窸、窸、衰、衰」像風搖竹叢的窸窣聲。

循著網邊浮球看去，船隻已闖入網口大約兩百公尺深。船隻被海流力量牽絆抓拖，往越來越窄的網道裡漂去。

網道越來越窄，浮球磨擦舷牆稍緩了船隻漂流速度，儘管如此，我應該設法不讓船隻繼續深入網底。我應該不能就這樣撒手等待，任船隻繼續漂流。無論如何，我都必須阻止這場困境像無盡頭的破折號，無止盡蔓延下去。

我趴下舷側，打算將一條船纜，從舷側繫綁在定置網粗壯的網纜上，如此，應該能止住漂流。

漁場網纜長時間浸泡在水裡，繩上長了一簇簇籐壺等硬殼附生物，殼緣銳利，船隻又漂動著，爲了纏綁船纜，匆促間，指掌劃破了幾道鹽刺刺傷口。血水滴落……我趴著甲板看著血水一朵朵滴落，像水裡含苞的玫瑰，這些玫瑰還來不及綻開，立刻被洶湧的海流擷走。

繫妥了船纜，原本鬆軟的船纜立刻拉撐、僵直。船隻終於撐住，暫時不會再漂流深入。從誤入陷阱，拼命五個多小時到現在，情況終於暫時穩住。

像一具撐了再撐的沙袋，當危機暫解，告一個段落，我的身體就是那具沙袋，立刻頹倒在甲板上。

這輩子不曾如此狼狽。

躺著，想著，直到這時，才有機會回頭來看這場受困的過程。宛如從混沌世紀一路盤古走來，終於得到機會回首看望四十六億年的疲倦。

疼惜、自憐的，我舉起受創的兩掌，翻過身，細細從船頭看到船尾。

我恍惚看到阿清蹲在船尾。

阿清終於也有怨言。

進入阿清的房間時，阿清嘆氣抱怨：「啊！眞艱苦。」他在病榻上躺了大半年，醫師又已作了類似放棄的宣判。過去，海上多少次遭遇狀況，從沒看過阿清有抱怨。

有一次我們夜裡拖釣，遇到一場風暴驟然下來。阿清嗅出狀況不對，小轉彎急急迴過船身，倉促間，他只回頭向著在後甲板上的我喊了一句：「艙蓋蓋緊。」就這麼一句呼喊，奔回港裡的過程中，我們連講話的機會都沒有。

拉撐油門，我們往港口方向狂奔。我才將後艙蓋蓋緊，暴風前哨已呼吼著撲降下來。

夜半時分，凜冽風嘯如厲鬼淒嚎。

根本來不及任何動作，連船尾懸垂的拖釣尾繩，也來不及收回，就這麼一路放著在風浪裡亡命拖拉。

海面龍滾浪騰，微光中，我看到船前湧浪，推舉成一面壯闊顫動的危牆，牆頂浪濤翻白，洩恨似的揚起一排水霧如髮絲半空怒舉，陣陣悶著的低音，如定音鼓灌入我的耳膜。聲波迴盪、急轉。那低音嗚響，不斷盤旋、累積，如繞著螺旋階梯一路高攀。直到迫切高亢，已經飽滿，已經到了頂端。那聲壓壓迫著我的耳膜，讓薄薄一層耳膜緊脹如一張粉碎將裂的薄紙。

船頭水牆坍塌撲倒。

水勢遮天覆蓋，凶猛、凶狠，這一擊像是天神的巨擘，從高高雲端劈打下來。

「抓緊了。」隱約聽見阿清一聲驚呼。

聲濤從駕駛艙前爆裂，「匡噹！」巨響，破裂的一堵水牆，迎面如一記猛鎚，重擊船身。

船身受浪震顫，如在撒撒解體，白濤沖衝滾滾甲板。

幸好關了艙蓋。

船隻若一顆浮球給巨浪拍撻入海裡吃水。掙著、掙著，又擠上來海面。若艙蓋沒關，恐怕船隻如瓶子灌滿了水，只能挺挺下沉。若阿清不愼側了船身迎浪，這側身一擊，恐怕船身早已翻了肚。幸好錯愕中，阿清來得及回掉油線，不然，船隻猛刺進這波浪牆裡，恐怕船艏受浪打壓，船身將翻翹起和海面垂直的角度，直接衝入海底。

甲板上的大小漁具全給沖下海去，沒一樣剩下。

幸好阿清匆匆喊了一句，我低頭死命抱緊舷柱。

我們幸運還留在船上，船隻幸運還浮在水面。

風暴不懷善意，像一群惡劣頑皮的孩子弄耍船隻。一陣強風呼嘯過後，一面水牆船頭撞擊粉碎，浪沫飛撲，眼睛幾乎睜不開，涼颼颼的海水在密貼皮膚的衣裳間鑽探出路。

四下漆黑，不見光影，只在迫近的浪弧中，隱約看見犀利慘白的波光。

我們沒有時間交談，這困境裡容不下些許閃失，阿清得用所有的心思，所有的注意，把破浪中的船頭照顧好。

一聲浪濤謹慎翻越，算是渡過一個困厄，解脫一次危機。黑撲撲前方，還有千萬褶波濤等著我們一一跨越。

經過三個小時在風浪裡掙扎，終於，在朦朧裡看見港口燈塔幽幽閃過一絲火光。風雨迷離中，燈塔慘亮，像是狂風裡掙扎的燭火。

坐了起來，狀況雖然穩住了，事實上，船隻還在陷阱裡。

想起這趟出海前，氣象播報說，隔天有一道鋒面下來。「我不想困在這裡過夜、我不想困在這裡過夜……」腦子裡反覆有著回家的念頭。

腦子一轉，忽然想到一個脫困的辦法。

也許，從船上拉一條船纜，下水游到網口，將船纜繫綁在漁網入口處的大浮筒上，然後游回船上，再引拉船纜抵抗海流，如此一吋吋地逆流拖拉，一步步將船隻拉到網口，也許，就能脫困，就能回家。原本絕望的心情，沒想到竟在太陽落山後，重新燃起了一線希望。

心裡盤算著，生了個念頭後，腦子裡開始反覆演練下水後的每一個動作。

備妥一條粗壯的船纜，我脫光了衣褲。

下水前，不曉得為什麼，剎那間，我腦子裡浮現阿清的臉孔。

「每一個判斷都是關鍵，」阿清說：「每一個錯誤判斷都有可能致命。」過去，海上遭遇麻煩時，阿清說過許多次，「越是危急，越要冷靜多想幾步。」

下水的決定，被阿清打亂了。

躊躇了一下，我猶豫著，此時離開船隻是否是恰當的決定？

又能如何？如一團繩結糾纏在那裡，不動手去解開，它不會自己鬆解。等待應該不是脫困的好辦法。

使力握了握船纜繩頭，深深吸了一口氣，還是決定下水。

海上無遮無掩，一襲晚風吹過我赤裸的胯下，體力耗竭的身子不由得一陣顫抖。這時，我低頭看了看舷邊水下。

竟然看到水裡一條游動著的紅鮮鮮身影。

仔細一看，是一條至少百公斤重的虎鯊，翩翩游在舷側。虎鯊是鯊魚中最兇殘的，偏偏這時牠闖入網口，哪裡不去，偏偏這時牠繞在船邊。深深喘了口氣，幸好那襲晚風阻止我一躍而下。

虎鯊繞在船邊不走，我沒有機會下水。

回過神來，如一記棒子敲在腦門，我才驚覺到，船下海流這麼湍急，有可能一下水就被往下游沖離船隻；或者，或者冷汗淋漓沒辦法多想。幸好沒有下水。

阿清蹲在船尾放延繩釣餌鉤，是開春後的一個黎明。

天色黝黑，船尾燈泡晃晃甩著迷離燈影，我在駕駛艙把舵，兩簍餌鉤阿清已經放完一簍。

「啊——」阿清短促的一聲驚喊。

我回頭看到阿清半身側轉，腕刀盤了兩下，扣拉住漁繩。他兩掌一高一低，抬到額頭高度，漁繩從他手裡硬挺延左右擺晃著伸入船尾黑幽幽的海水裡。

這情況在延繩釣作業放餌鉤時經常碰到——意料外的大魚，在作業途中餌鉤還未沉入定位時，便來搶餌拉扯——這情況對放餌鉤的漁人相當不利，數百門船上未放出的漁鉤，一條母繩連接著另一端海上亡命拉扯的魚隻，船上的漁鉤若被大魚拉出去，將會像一門門子彈蹦彈著下海。漁鉤尖削犀利，不長眼睛，它可不管是魚、是人，一旦鉤住了，便硬要來一場船上、海下的拔河。而且，輸的一方，將可能從原來的位置，被拔取到優勝者截然不同的另個世界裡去。

倘若鉤子掛住了人體任何部位，這場拔河除了比力氣，還得比比看誰比較耐得住疼痛。

我會意立刻退掉離合器，反手握住砍刀，三兩步跳到後甲板。事不宜遲，我遵循一般討海人解決這種困境的作法——揮刀砍斷被上鉤魚隻拖直的母繩。

「等，」阿清說：「不大，我堪得住。」

看他忽左忽右側擺身子，三兩下他匆匆抽拉漁繩。海水那頭，似隱身鉤掛著一頭亡命掙扎的幽靈。阿清小心翼翼地牽逗著。一下子功夫，阿清俯身，粗粗挫幹一聲，一條十數公斤的鬼頭刀被他甩上來甲板翻跳。

「拿來。」是優勝者的口吻。

我把砍刀遞給阿清。

阿清舉刀，以爲他要復仇，一刀砍死蹦跳在甲板上的鬼頭刀。

他不是砍魚，而是把手頭一截釣絲子線截斷。

昏黃燈影下，我看到一門漁鉤刺穿阿清左掌虎口，血水流過他掌心，幾條紅色血斑懸在他小臂上。

阿清左掌平展，沒想到，他刀鋒面向自己。一刀慘白光澤閃過阿清臉龐，他刀鋒俐落從自己掌口劃割拉下。

如在削切魚餌，而且，沒看到他皺一點眉頭。

啊！這一幕，那銳利刀鋒像是割過我的手掌和心頭。

滴答鮮血滴落甲板，如開放的紅色花朵，越滴越大朵。

眞像是外科醫生切割傷口，取出卡在肌肉裡的子彈。阿清放下砍刀，右手手指鑷夾起帶血漁鉤。口袋裡掏出香菸，折了兩根，將菸絲吸血敷在傷口。折身工具箱裡取出一捲電器絕緣膠布，虎口捆兩圈，算是包紮。

那次隔了好久，我才釋懷那切割自己的疼痛，也才明白，被漁鉤倒鉤刺穿後，切開皮肉，橫向取出漁鉤，是當下唯一能夠解脫困境的做法，也是最快能夠回到作業狀況的方法。

接過我楞在手上的母繩，阿清蹲下去血堆裡，繼續放鉤。那條鬼頭刀還在甲板上掙著、跳著，渾身都是血跡。

緩緩捲起衣袖，阿清兩臂平攤前伸，讓我看他的肘彎。肘彎上有一大塊瘀青腫斑，和麻麻密聚著的許多褐色斑點。

「艱苦啊！」阿清說：「打這麼多針還解脫不了。」

看到他手掌、手臂上無數癒合的痂痕，我曉得，那是無數次海上他自斷脫困的痕跡。對比肘彎部這場不得解脫的苦，我恍然明白了，刀鋒操持在自己手上或他人手上的差別。

我還能講什麼？

看過他無數次海上體肉受苦，眉頭總是不捏不皺，在這病榻邊，我懷疑還能多說什麼話來安慰他。

「等死啦！」這是阿清面對這場困境，最接近眞實、也是最無奈的，他意志上的自我了斷。

我心裡並不想說，但還是心虛地說出讓自己痛恨自己的話：「好好休息，會好的。」

其實，我心裡最想對阿清說的是：「放棄好嗎？」

對一個曾經在海上經歷過無數生死困厄，又一次次脫困回來的人，我相信，他一定瞭解，在困境中等待奇蹟的渺茫。當一個人，已然了解面對困境操刀自持的關鍵，應該也了解放棄的時機與意義。

我想，阿清心底應該明白，只是不說出來罷了。每個人都得去面對一次生命無法跨越的困境。

只是，哪一次該堅持？又哪一次該放棄？

看起來，阿清他犀利的命運刀鋒，已經脫手離他而去。誰知道，在這個時間點上放棄，是否是脫困的另種形式。

我相信，這一切阿清了解。

只是，過去的阿清，從來不曾放棄。

一艘晚歸的拖網船，拖長了船尾白沫，遠遠橫過定置漁場外。

紅霞天光如離火的爐灶早已黯淡失溫，山脈原有的陵褶青藍，已轉爲大片模糊森黑，黑夜一層層排解障礙，即將從白晝囚籠裡完全脫困。

我曉得，這艘經過的拖網船，應該是這場困境中，我能夠求救的最後機會。隔天鋒面就要下來，海洋即將關閉，漁船都休息了，一兩天內，海面將不會再有船影。錯過了這艘船的救援機會，幾天內，我將被困在這裡回不了家。

匆匆將脫下的汗衫綁在長鉤桿上，打算揮舞旗桿求救。

那艘拖網船馬力大，走得急躁，我得立刻揮動長桿，才有可能來得及被發現。這樣大馬力的拖網船，最多不過五分鐘，便能把我拉出困境。

揮桿的剎那，不曉得爲什麼，我腦子裡浮現了一座放滿水的浴缸，一隻海豚平靜地浮在浴缸裡；牠眼神溫柔，但感覺得出牠想說什麼又說不出的無奈。

拖網船如日出般昇起的朝陽希望，不過心頭多了些無關緊要的念頭。船速匆匆，比落日還快。

持著長桿，沒有揮動，我竟眼睜睜看著拖網船離去。

如花瓣凋零，又眼睜睜看它剝落、腐爛。這時，我流了淚……這時，我恍惚又看見阿清蹲在船艉。我了解那不得不解脫，卻無能呼喊求救的苦。

阿清靠在我耳邊，微弱地說：「有機會還想再出海一趟。」

船上淡水剩下不多，艙裡沒什麼食糧，衣服可能不夠抵擋即將驟變的天氣；虎鯊還賴在船邊不走；此刻，如果阿清在船上，也許，就這麼一次，最後一次，他或許能在他熟悉的海上解脫困境。

看著後甲板，這時，竟然心情平穩許多。我開始丈量一榻病床是否可能橫擺或直擺。若狀況許可，下次帶阿清出海。

有一次，我們機械故障漂流了三個多小時，黃昏將至，山脈矮縮在天邊海角如一堆小土坡。那一刻，我記得，恍惚看到了整座中央山脈。

阿清渾身油污在機艙裡摸索，每次出狀況，阿清什麼話都不講，埋頭就去處理他認爲該做的事。

那次，我們一跛一擺，摸黑才回到港裡。

隔天，船機師傅來修船，他從引擎裡掏出三片斷裂的彈簧說：「說說看，這樣的船，你們怎麼開回來？」

不知該怎麼說，我越來越感覺阿清就在船上。

彷彿看見他的影子從駕駛艙閃過，走到船舷邊去。我懷疑，是否因爲不斷想到過去和阿清一起脫困的過程，而心生幻影；或者，是體力耗盡後的錯覺。此刻，我光著身子坐在舷邊，像是過去在海上的某次遭遇，我們在海上漂流。我心情篤定，因爲，我想像阿清在船上某個部位，正爲了脫困而忙碌著。

天色全暗的瞬間，我看到那尾虎鯊游到舷邊停住，似乎想偎住船身過夜。我還發現，繫在網纜上原本撐硬的船纜不再緊繃。船身偏了個角度，斜身跨騎在網纜浮球上。

海流方向變了。

水流漩外，船身被迫向網外推擠。船肚子受潮水推擠，踏跨住浮球，僵卡在粗壯的網纜上。

這一驚嚇，這一歡喜，像是在我一片空白的腦子裡點燃了火苗。原來已經打算，至少好幾天會被困在這座監網裡，沒想到潮水流轉，機會復活甦醒，彷如已經深入的黑夜，迴光返照，又露出霞光。這機會是天賜的，是奇蹟！

把握機會，管它鯊魚就在舷邊，我赤裸裸地從舷邊下水。不知哪來的勇氣，哪來的靈感，我兩腳踩踏住船身跨住的網纜，兩手攀抓船舷，半身浸在水裡。不曉得哪來的衝動，我踏住網纜，開始一下下、一下下，讓身體重力盪壓著繩纜。

網纜彈力將我全身彈出水面，我蹲下膝蓋使勁，讓自己再次下沉、下壓。像鍬钁擺盪，一下下、一下下。

很慢……很慢……

船隻像個笨拙翻牆的顢頇大漢，不小心被卡在牆頂。我發現，每盪一下，船身被水流帶動，慢慢往外挪個半吋。

盪啊盪，我瘋狂地盪呀盪。

我相信，往後無論我如何敘述，也不會有人相信，天黑後的茫茫海上，一個人，一個一絲不掛赤裸裸的人，在海中央這樣盪呀盪的。而且，身邊還陪著一條虎鯊。

一吋吋累積、一吋吋珍惜，每一下，都在渡過一個困厄；每一下，都是脫困的必要步驟。我從來不曉得，我的船隻竟然這麼長。

我看見那條虎鯊，因爲這一下下震盪而游來腳邊。直到這時，我才想到，牠也是個受困者。

我看見阿清蹲在船尾，微笑看我。

我只管努力擺盪，一心只想脫困回家。

虎鯊在一次下盪的機會，趁隙溜過我腿邊，激起海面一沱水花，越過網垣，沒有回頭地走了。

不曉得一共盪了多久，船隻終於一吋吋蹣跚越過網纜，翻爬過成串浮球。

船隻網外晃了兩下，似在伸展筋骨。

終於脫困。

不曉得天色已幾層黑了。

放下槳葉，不知哪來的氣力，繼續安裝船舵。

最後關鍵，試著發動引擎。

不曉得為什麼，脫困後，我不再感覺阿清在船上。也不曉得為什麼，返航途中，我一點也沒有為這場脫困感到高興。

回到家，午夜十二點剛過，鋒面前鋒下壓，屋外風強雨滂。

接到阿清嫂電話，語調出奇平靜，她說：「阿清傍晚走了。」

6

阿莫

他是遙遠的，摸不到碰不著的，
他冷冷在外太空飄浮，失蹤在冥幻空間裡……

阿莫。他是遙遠的，摸不到碰不著的，他冷冷在太空飄浮，失蹤在冥幻空間裡……

海面看似平靜、沉默。事實上，在那一粼粼波皺間，隱隱蘊藏著一褶褶洶湧。

冬日傍晚，我們工作船才繫妥，任教於國中的林老師就來到港邊。

林老師帶著一名學生，約我在港邊一家咖啡店談事情。咖啡店窗口流出的橙色燈光飄在冷冽的晚風裡，特別讓人感到烘焙、燒烤的暖香。

進了店裡，他的學生似乎理所當然地選擇不和我們同桌。我和林老師都點了曼特寧和一小塊乳酪蛋糕。咖啡的香苦味中，林老師很快就提到他的學生——阿莫。

我心裡想，這應該是林老師約我的主題。我的視線隨著轉頭的林老師，看向大約離我們三公尺，一段彷彿有意的距離；坐在櫃台高腳椅凳上的阿莫。

阿莫理平頭，穿藍色學生外套，拉鏈拉得很高，下身著卡其長褲。標準學生模樣，中規中矩。

阿莫輕輕旋著高凳椅，俯身在櫃台桌面，專注的，似在塗寫什麼。

視線轉回我們桌面，陣陣白煙自咖啡杯上縷縷冒出。「天氣眞冷，」林老師喝一口燙嘴咖啡後，談起阿莫。

「二年級開學，阿莫轉學到班上來。看他過去的資料，學業成績好幾科掛零，即使有成績的話也臨近個位數，操行成績勉強及格；之前的老師，給他的評語簡單明白四個字『心不在焉』。」

我又看了阿莫一眼。

不胖不瘦，顴骨稍突，帶點土氣，是一般鄉下學生的外貌。唯一比較特別的是，他臉色棕紅偏褐，像討海人一樣，應該是常常在太陽下曝曬。可能是貪玩吧，我想。這孩子看起來健康、安靜，甚至讓人覺得應該是個乖乖的孩子。也許不怎麼聰明，但至少外表看起來並不符合林老師的形容。

「外表看不出來。聽我說，」林老師似乎知道我在想什麼，他添了些語氣繼續說：「開學第一天，還沒編排座位，阿莫選擇坐在第一排靠窗最後一個座位。老實講，還眞會選，他那個座位剛好可以看見海。」

林老師的學校我去過。校園在山腰上，樹林茂密，天氣晴朗時，少數幾個角度恰好可以看見兩側山勢擁抱住的小片海藍。像大片綠垣牆圍中，偶然裂了一扇看海窗口。

「學期第一節課開始，照例介紹新同學。」林老師說：「來，爲同學們介紹新來的同學，李阿莫。」他伸出手，模擬當時的情況，手勢延向第一排末，阿莫的位置。

「同學們都轉頭，看向阿莫。」

「奇怪的是，全班只有阿莫沒反應，彷彿『李阿莫』不是他的名字。」

「他白紙般的表情，像是陷在自己的思想裡。他坐姿端正，兩眼平視前方。感覺是有點怪怪的，可能是眼神吧，沒什麼焦點的感覺。茫茫然的。」

會不會是因爲新環境的關係，我心裡想，會不會是適應不良。

「我怕他是出神沒聽到，加重口氣又喊了一次，『李阿莫！』」林老師嘆了口氣說：

「唉，仍然沒有任何反應。」

「我還懷疑自己，會不會是叫錯他的名字？低頭看了一下點名簿。確認是『李阿莫』沒錯。」

「班上同學有些已經耐不住，偷偷掩著嘴笑。」

「我又懷疑，會不會是聽覺障礙？但立刻又想，不會吧，全班同學都已轉頭看他好一陣子了，即使聽力有問題，應該也會查覺這時同學們的異樣。他臉上依然沒有笑容，眼神動也不動，彷彿教室裡發生的這一切都與他無關。重點是，並不覺得他是故意的。我又想，難道是視覺問題？」

「只好誇大的，我將手掌伸出去，朝他一陣胡亂揮甩，然後用吼的，大大聲再喊一遍他的名字。」

「終於，終於有反應了。『有！』阿莫突然喊一聲，像是嚇一跳，整個人像是裝了彈簧，彈跳著站了起來。他右手臂還挺挺舉著。眼神如夜空破曉漸漸有了表情。終於回神，終於醒來。他那應答的姿態和表情都是緊張的、認眞的。我判斷，這一切他都不是裝的，也不是嘩眾取寵故意如此。」

「同學們終於忍不住，久旱洩洪似的，大聲哄笑了開來。阿莫臉皮顫了顫，看起來並不是生氣，而是一臉問號。當時他的表情好像在說，發生什麼事了？爲什麼大家都在笑？」

「開學一陣子後我才曉得，開學這天，阿莫醒來的表情多麼難得。就那麼曇花一現，如一絲流光劃過夜空。回到開學那天，當他坐下後，我眼睜睜看著他的眼神，如短暫的黎明，一下子又回到黑夜。才開了的門立刻又關閉了。」

開學第一周，阿莫他獨來獨往，似乎處在他自己的世界裡。他沒跟班上任何同學講任何一句話，同學們自然也和圈子籬笆外的他保持距離。上課時，阿莫安靜坐著，有沒有注意聽課，他自由自在沒人曉得。下課後，他會獨自在操場、花園像在尋找陽光似的四處遊蕩。天氣晴朗看得到海時，下課時間，他很少離開座位，就趴在窗台上，幾分鐘都沒動過。心神似在遠方。

除了和同學間的互動出現異常，阿莫靜靜獨處，不說話，重點是，他也不干擾同學。「這些都是同學們一周來陸續向我說的，」林老師說：「我想，可能是性情孤僻，不善於和同學交往。重點是，『無害』。我想，這情況讓他自己痊癒，自己醒過來，會比介入治療副作用少一點。」

第二周，辦公室裡，教英文的蔡老師將一份隨堂測驗卷遞給我。

「你們班李阿莫的，」蔡老師似笑非笑的說：「至少也寫個名字嘛！」

卷子上一個字都沒寫，完全空白。

接著，蔡老師用食指點點頭側；想說什麼吧；但欲言又止。

之後，各科老師似乎都碰上了同樣問題，紛紛跟我反映。

老師們一致認為，阿莫是個學習或智能有障礙的學生。

阿莫不回答試卷考題，可能是學習上的問題，還容易理解。但若是連姓名都不寫，有可能就是故意抗拒，那就是棘手的態度問題。另外，還有一個可能是，就像開學點名發生的事，阿莫根本就陷在自己的狀況裡。他的內在和外面的世界，存在一道看不見的鴻溝。

「而這情況是他選擇的呢，或是不自主狀態？」林老師說：「無論如何，應該都不是簡單的問題。」

「報告！」門口一聲響亮，打斷了我的沉思。是我們班班長進來辦公室。

班長來到辦公桌前，搔著頭說：「那個……」幾秒鐘停頓，吞吞吐吐不是班長平常的樣子。

「沒關係，什麼都可以說。」我鼓勵他。

「是……是班上同學叫我來的，想讓老師知道……我們覺得……阿莫很奇怪……他……」又停了。

「他怎麼樣？」

「我們都覺得……阿莫，他是……」

「是什麼？」

「是……智障。」終於說出口了。

「妨礙到大家了嗎？」

班長搖搖頭，然後說：「可是……」

「曉得了，老師會處理。」我打斷班長的話。按理說，我應該請班長轉告同學們，或者應該到班上鄭重宣佈，同學之間不能歧視，不能有差別心等冠冕堂皇的話。但這一刻，我就是說不出這樣的話。

也許，阿莫鎖住的世界裡不用上學、沒有作業、沒有考試、不用費力氣講話……若是如此，阿莫每天準時來學校上課，已然超過了他的能力及認知範圍。我天馬行空的猜想，無論眞相如何，問題已經存在，而且快速發酵中。

對同學們或對阿莫，情況已到了不能再觀察、再等待的地步。

「這份問卷發下去，請同學們填寫。」

發下去的這份問卷，是一位專攻教育心理學的前輩所設計，內容簡單而且經過巧妙安排，不難從問卷結果稍稍窺探學生們的內心世界。

「同學們，這不是考試，不要緊張，只要據實回答，儘量寫。」

我想，除非阿莫拒絕或者沒有能力填寫，要不然這份問卷多少能夠多了解阿莫一些。

我特意佯裝低頭看書，不想給同學們壓力，主要是不給阿莫壓力……偶爾偷看阿莫幾眼，他倒是有模有樣地俯身在問卷上。

捧回問卷還沒走到辦公室，我急忙抽出阿莫那一份。

第一頁全部空白……第二頁完全沒有筆跡。這兩頁題目都只需打勾。

我不自覺地嘆了一聲，啊，阿莫他連隨便敷衍打個勾都不願意。難道他執意死守著他的堡壘？或者，難道果眞如大家所認爲的，阿莫是智能障礙？

寫問卷前，我原本對阿莫還抱持一份期待，期待能夠藉由問卷多了解他。看了前兩頁，老實說，我相當失望。

第三頁有幾道簡答題。還沒翻過來時，我想，阿莫連打勾都不願意了，何況是寫字。

翻到第三頁……我睛睛一亮。

啊！阿莫在三個簡答題中的第二題，留下了一行字。

第二題題目是——「請簡單寫出你的夢想。」

阿莫寫下：「很想造一艘船，當船長，航行出海。」

字跡工整，還帶有幾分秀氣。

隔沒幾天，狀況又來了。

教數學的陳老師抱怨阿莫不交作業，以及他的態度。

我也聽說了，阿莫經常爲了沒交作業而在陳老師的課堂罰站。陳老師半辯解、半自嘲地說：「哪有罰他？是他自己要站的。」

找班長來問。

班長說：「阿莫很奇怪——陳老師講他、罵他都沒用，他好像什麼都不怕。」

「怎麼說？」

「陳老師問他什麼理由不交作業？」班長形容說：「阿莫一句話都不說，也沒低頭，好像是拒絕回答，態度很差。陳老師又問他，什麼時候可以補交？他一樣態度，沒有回答。老師又問他，到底要不要寫作業？他也沒反應。最後，陳老師問他，如果同意寫作業的話點頭，不同意的話搖頭，沒意見的話就坐下來。阿莫很奇，不點頭、不搖頭，也不坐下來。就這樣，一直站到下課……」停了一下，班長補了句：「白癡。」

「阿莫不是白癡，只是發生了一點問題。不准再用這樣的話講自己同學。」我嚴正地告訴班長。

阿莫絕不是白癡，我相信。能夠清楚寫出「很想造一艘船，當船長，航行出海」的孩子絕不是智能問題。只是，整個阿莫彷彿只有這一句話正常，只有這一句話清醒，大多時候，他似乎只是身體在學校，心神不曉得遊晃在哪個沒人知道的世界裡。

「造船」、「當船長」、「出航」，三個詞並不難拼湊出阿莫他想離開的意識，但除了解釋爲「逃避現狀」，他心裡面還鎖住了些什麼？想擺脫些什麼？逃離後想追尋的又什麼？一連串無解的問題。

而最大的問題，在於沒對象可問。除非阿莫願意談。

不是沒找過阿莫，好幾次找他過來，問題在於我感覺不到他。

面對面時，他老是靜默，他明明白白地看著我，有模有樣的就在那裡。但我感覺他是遙遠的，摸不到、碰不著的。彷彿冷冷地在外太空飄浮。

不是沒有過，我嘗試扮演各種角色來和他溝通——和他作朋友，稱呼他是兄弟；甚至，喊他是船長。有一次我還說，願意當他的船員。

一點都沒有用。

阿莫像是洞悉了這遊戲背後的目的，他並不感到興趣。

好幾次，我覺得自己是小丑。更嚴重的是，這個小丑並不在他的世界裡雜耍。

的確，他的態度很容易被誤解爲孤傲。我想，再大的熱情，若是貼上了他這樣的冷漠，再溫和的性情也難免都會轉變成火氣。多接觸幾次，總會被他感染像隆冬的寒冷；好幾次，我問自己，放棄好嗎？

這段期間，他時常讓我覺得，他深藏著的靈魂，是來自邪惡的魔境。

聽了林老師以上的形容，我不禁抬頭再看了阿莫一眼。

他一直在櫃台上塗著、畫著，這個咖啡店，這個世界對他來說，彷彿並不存在。

我只是納悶，林老師爲什麼約我來談阿莫。我並不專長於教育，對心理學更是一竅不通，對阿莫的事，應該是幫不上什麼忙。但林老師講得這麼仔細，應該不只是爲了傾吐而已。

我忽然想到，有一次航行時，我坐在甲板角落，望著海天之際。船邊湧蕩的波脈，像是源自天邊、裂自天邊。我想像，那裡，遙遠的那裡，天色大塊大塊的崩落，激起浪脈。海和天在那裡衝突，海洋的湧浪原來源自一場遼闊和深沉的激烈碰撞。唯有如此，海洋才能表面看似平靜、沉默，但內裡藏著源湧的海流。

林老師並沒有回答我的疑惑，他繼續說。

這情況下，家訪是必須的。

根據學籍資料上的地址，阿莫家在學校後方與學校隔座山丘的小聚落裡，之間，有一條產業道路相通，徒步大約二十五分鐘。

周末傍晚，我從學校散步到他家去。循著地址找到阿莫家。阿莫家是一棟農舍，聚落房舍不多，附近看得到的就三、五棟房子，全都是石塊堆疊為牆，覆著鐵皮屋頂的老厝。阿莫家四周是水田，農舍角落一頭水牛蹲在牛棚裡嚼嘴，屋後傳來喔喔雞聲，幾聲狗吠。

應門出來的是一位頭髮蒼白的老先生。以為是阿莫的父親。老先生可能門牙掉了沒去整理，上唇有些內陷，講起話來咿唔含糊不太清楚。好不容易聽清楚了，原來是阿莫的阿公。

黃昏時刻，屋裡還沒點燈，一片陰暗。類似地瓜潮溼發霉的氣味瀰漫整個屋子。犛耙、鋤頭等農具紛雜一堆靠在牆角。正廳一張木板方桌，幾張椅凳。斜角一台二十吋電視機開著，正上演什麼金鋼大戰力士的卡通影片。

電視裡戰得熱鬧，一下煙塵、一下火光，映照客廳裡紅一陣、白一閃嘈嘈音影。除了電視熱鬧，整個屋子給我的感覺相當落寞。

沒想到，阿莫就在廳裡，在方桌後的地上。

跨入屋裡後，才發現他蹲在桌子後的地上看卡通；不知道是否因爲看見我來，才刻意躲下去。當我在桌邊坐下來，阿莫仍蹲在那裡，眼睛看著電視螢幕須臾不離；但又眼神茫茫，感覺並不是完全專心在電視上。我差不多是習慣了，我想，我的到訪，按正常狀態來說，應該不干他的事。

「老師來還不起來，這款囝仔，槓乎你死好！」阿公咿唔吼了一句。

我發現他阿公吼他有效，阿莫立刻醒轉過來。轉頭看到我後，反而呆呆愣愣的。但一下子而已，雖然他還與我面對面站著，但我感覺他已轉身離去。

「泡茶不會！」阿公對阿莫講話像是習慣用吼的。

果然有效，阿莫從右側門進去，留電視機開著、閃著。當我想說明來意，不過「阿莫在學校」一句話還沒說完整，他阿公氣呼呼站了起來，隨手牆角抓了一根像是扁擔或鋤頭柄什麼的，大步踏向側門，一邊大聲吼嚷：「槓乎你死！書不好好讀，專門變鬼變怪。」

我立刻跳起來，兩步路擋住阿公，急忙解釋說：「不是，不是這樣。」阿公老雖老，耕田人氣力相當大，拼著往側門推擠。我撐力滑步，幾乎還擋不住他。情急之下，我也吼著說：「阿莫很乖，阿莫沒問題啦！」

這下，阿公才鬆懈了手臂。

「老師不知，這囝仔牛一款，不閃，不哭，隨在我槓，隨在我罵，攏無效。」

問起阿莫的父母。阿公嘆了氣說：「這囝仔才搬來跟我住，無法度啊，我後生討海，一去不回啊；媳婦不才，放這孩子不顧。我看不過去，才把他帶到山上來。兩個人日子茫茫過，厝不像厝啊。」阿公抬頭看了一眼屋頂說：「總是一家屋瓦，不是嗎？事件發生了後，媳婦不知哪裡去，他一個囝仔在海邊那個家，孤孤單單自己一個人生活了好幾個月。講起來可憐，厝邊來報，我才下山把他給帶來山上。」阿公又嘆氣，又搖頭說：「不知好歹，來了也不聽話，干吶中著邪咧，也不講話，倒是自己洗衫、自己料理自己。我老毀啊一個，說要怎樣照顧嘛眞有限……」阿公深深皺了眉頭，喘了口氣說：「多謝老師關心，阿莫學校哪無乖，跟我講，我一下嘟槓乎他死。」

「阿公歹勢，請教一下，他阿爸出事以前，阿莫是不是就這個樣子？」阿公側身向前，似乎沒聽懂。我加重了口氣說：「我的意思是，阿莫以前是不是就這樣子不理人、不愛講話？或者家庭變故後才變成這樣？」

「誰知啊？一個佃山頂，一個渚海邊，天邊海角干吶兩個世界，誰知他原來是啥款？」

阿莫提茶水過來，默默倒了茶；又蹲回去地上看電視。我和他阿公講他，他像是個局外人。

家訪之後，三番兩次找阿莫來辦公室；管他回不回應；我學他阿公口氣，不客氣的幾乎是用吼的。我跟他說：「當學生就是要讀書，要寫作業；若是不讀書，不寫作業，永遠當不了船長。」

我改變對待策略，主動對他施壓，三天兩頭就找他來唸一唸；應該說是罵一罵。我想，刺激刺激他，看他會不會聽見。

唸他、罵他幾次後，有一天，阿莫沒來學校。

我匆匆趕到阿莫家，他阿公在田裡看見我，遠遠對我喊：「老師啊，啥密貴事，阿莫不乖是不是？」

「過路啦，過路啦，阿莫很好，阿莫很好。」我沒敢說阿莫逃學。

我在山下小城的電玩店、冰果室、撞球間……一般學生逃學可能去的地方，我都一一找遍了。小城不大，但阿莫像煙一樣，消失在這個世界裡。這個他曾經認可的生存空間。

隔天，阿莫正常來學校。我責問他逃學的事；還恐嚇他，已經找過他阿公。但是，他仍然一副夢遊樣子，心思還留在雲間天邊。怎麼問也問不出個所以然。

罰他站了一節課。

隔天，阿莫又不見了。

很快的，學期已經過了大半。

阿莫總算是有了回應。雖然，以逃學來作爲逃避壓力的回應並不恰當，也不值得高興。但，對我而言，這已經算是不得了的突破。不像過去，總覺得毫無著力點，像在對一團棉花施力。

我好奇，到底阿莫是在逃避，或者在反抗我對他所施的壓力？

我發現，只要一施壓，阿莫隔天就要失蹤一天。像是他自己訂定了和我之間的對待規則。這天不理會他，隔天他就乖乖來上學。無論上學或逃學，他的態度都一樣——彷彿什麼事都不曾發生。

時鬆、時緊，我謹愼拿捏刺激他的尺度和深度。有時刺得太深了，就放鬆兩天。這是一場長期抗戰。阿莫和我有時都得休息一下。

我寧願相信，阿莫是因爲環境變故的因素，而變成這副模樣。我也相信，這也是我不願意放棄的主要原因——他不是壞孩子刻意使壞。

有一次，由於不交作業，我叫他來辦公室罵了一頓，並罰他在我旁邊站了一節課。

隔天，我預期他會逃學。

一大清早，我就守在阿莫家附近。

六點半，阿莫背書包穿制服出了家門。我希望他這天逃學，我已經請了一天假，準備跟蹤他一天。

他從快到學校的產業道路，折進一條我不知道的小徑，繞過學校後側的一片檳榔林子，往山下走去。沒想到他腳程飛快，如識途老馬，目的清楚。沒任何停步，他快速穿越小城，連過馬路都如入無人之境，飛一樣地往海邊去。

海邊，阿莫迅速攀爬到一處隱密的防波堤礁塊上，終於停住。

很快的，看他從書包裡拉出一條捲線，看他手腳俐落，一陣拉扯；然後，拿出鉛筆盒，幾次從鉛筆盒中像是捏出什麼掛在線上；動作熟練。不過幾分鐘，他伸手一拋，礁塊前水面濺起輕細一朵水花。

阿莫單手半抬，手肘頂住膝蓋，食指撐著線頭，坐在礁石上動也不動，如一尊雕像。

雖然我不懂得釣魚，但是在電視裡看過釣魚高手競賽的節目，雖然阿莫手上沒有釣竿，但那專注、耐性的模樣，一坐就是一個多鐘頭不動，那模樣，簡直是釣魚高手。

阿莫顯然是醒著的，他這一連串動作，清醒俐落得根本不像他在學校的樣子。這一刻我覺得受騙了，覺得是被他愚弄了。我根本是他垂釣的那條魚。

十月底，陽光還赤熱著，阿莫在太陽下竟然動都不動。久久才看他收線一次，而且，從來沒看到有魚上鉤。這時，我想到一位喜歡釣魚的朋友說過：「大家有閒來釣魚，哪有時間做歹囝？」

稍可寬慰的是，阿莫並不是一般逃學做壞事。

林老師講到阿莫逃到海邊，我回想起自己年輕時，也常常因爲情緒壓力逃到海邊去。看海、聽海，往往在海邊一坐就幾個小時。原本看不開的事，可能因爲海邊視野廣闊，回頭離開時，心情就好多了。我也覺得濤聲有撫慰情緒的作用，那節奏的、往復的，一聲聲彷彿都在心裡掏磨。

「阿莫到海邊去，對他應該是好的。」我用我的海邊經驗告訴林老師。

「好是好，但他的狀況可能沒那麼單純。」

林老師繼續說——

隔天，我找阿莫來辦公室，劈頭就說：「什麼時候教我釣魚？」

阿莫眼睛一抬，瞪了我一眼。

這是頭一次，他對我說的話，當面做出回應。

隔天，阿莫又失蹤了。

我到海邊去找，發現阿莫不在那天那塊岩礁上。

我判斷他不會離開海邊太遠，於是沿著海灘去找。

果然，遠遠沙灣盡頭的漁村堤防邊，我看見他走在沙灘上。

這個漁村已經凋敝，一艘看來已經被遺棄許久的木料小舢舨，倒扣在漁村前的沙灘上。舢舨幾乎被馬鞍藤等海濱植物整個給覆蓋住了。

看來，阿莫是發現了這艘小舢舨。

他彎腰在舢舨上，拔扯掉舢舨上的雜草。他似乎對這艘船感到興趣。我看他拔了草後，伸手專注的、疼惜的沿著船身撫摸。好像變了一個人，這不是他平日在學校的樣子。

一陣子後，我看見他想要翻正船身。

小船晃了晃，一、二、三；他將那艘小舢舨翻過身來。

我知道他的願望——他想要一艘船。沒料到的是，緊接著，他已經著手執行他的下一個願望——航行出海。

阿莫在沙灘上推動小舟。

我心頭一緊，想到他在之前問卷上寫的——「最想造一艘船，當船長，航行出海。」

不會吧？這小子。不會這樣就想出海去吧？

果然來真的，阿莫俯身推著舢舨漸漸接近浪頭。

顧不得是在跟蹤，我三兩步快跑過去。

水花四濺，阿莫已推著船踏入浪頭。

小船受浪浮動，船底像抹了油，在水面輕快的滑行起來。

一波浪濤沖來，只是舔了舔船艏，又忽然退去。舢舨打橫擱淺。第一波湧浪，阿莫並未如意得逞。

他停止前進，換了個姿勢吃力地擺正了舢舨，讓船艏對著海面。他抓著船尾弓步立在船後，像要起跑的姿勢。他稍微抬了一下頭看向湧浪。

這小子，他已經準備好，等著下一波湧浪帶他出航。

我已經追到船後。

阿莫專注著湧浪，並未察覺我已來到他後頭。

幾乎同個時間，第二波湧浪滾滾撲來。湧浪在前，我在後；一個要帶他出去，一個要抓他回來。

阿莫起跑了，推著船衝向湧浪。我伸出的手掌落了個空。

船艄撞浪，像一把快刀切入浪頭，潑起水花。我心裡明白，這波湧浪來去間，關係著我是否抓取或是不得不撒手放棄阿莫。

沒道理放棄，怎麼講都不能放棄，我伸長手臂追了過去。

浪濤汩汩沖了過來，淹過我的小腿。

船艄衝浪高突，如一匹馴馬受到刺激，一下子奔出野性，小船擺脫了枯槁沙灘，噬水活轉。似是認得這海腥鹹味，船底啪啦啦響著興奮的底韻，船舷晃盪，如飛龍將要騰空。

這時的阿莫，老手似的，從船尾沿著左船舷往前衝了兩步，兩手攀著船舷，踏浪兩步，兩腳輕盈騰空。如騎士按著坐騎縱身躍上馬背。阿莫躍入舟裡。

阿莫這一躍，濺起的水花，扎扎實實打在隨後追來我的臉上。

一巴掌清涼，頓住了我惶惶追來的連續動作。

這一刻，我真該停下來的。

暫停追逐，停下來欣賞、讚嘆及羨慕阿莫。

這一刻，我看見阿莫。他和那艘久久擱在岸上的小船，一起復活、一起美麗。這一刻，我恍然明白了，阿莫是受困灘上的一艘船、一條魚。

湧浪騰滾，鋪展白沫。受浪湧推，我一陣暈眩倒退兩步，浪花淹過我的褲頭。

驚醒過來。

從欣賞、讚嘆及羨慕的情緒裡驚醒過來。沒道理讓阿莫就這樣出海，千萬不能讓他用這種方式消失。

說什麼都得拉他回來。

阿莫在舷邊已經舉出櫓槳，插入水裡，划動水波。小船如虎添翼。

海面反射陽光金燦閃熾，我恍惚感覺到，阿莫和他的小船將要漸漸模糊消散。這時，我意識到，若要抓阿莫回來，不能再有絲毫猶豫。

心一橫，像滑壘動作，我縱身往舢舨飛撲撞去。

身體騰空。剎那意念間，我又猶豫到底該不該抓住阿莫。我彷彿看到了阿莫的囚籠，看到了隨後追來的捕快，看到了阿莫解放後，處身在自由自在的天地裡漂浮……

運氣算不錯，準準的，我全身落在舷內。

船身受到這一撲撞，一陣瘋癲晃搖。

我看到阿莫兩臂持槳俯身平衡住船身。

晃盪過後，阿莫的眼睛恰好與趴跌在船艉的我四眼對望。

阿莫瞳孔裡燃著火光，那眼神像惡魔，一下子刺入我的眼窩。沒看過如此銳利的眼神，沒看過阿莫眞正醒來的眼神。我一臉慘白，忘了阿莫是逃學學生，忘了我是他的老師，忘了我要抓他回來。

一股涼颼颼的海水，從腹底瀰漫上來。

趕緊坐起來，船舷裡浸水半盆，我和阿莫半身泡在水裡，如乘坐在一只放水半滿的浴缸。

舷內水流渦漩，快速攀升。船底似有裂縫，船隻正在下沉。

阿莫看我驚慌，眼神忽然轉爲柔和，嘴角一裂，笑著說：「老師太重了。」

船隻很快沉底擱住了，我和阿莫還坐在船上。幸好水淺，我們一前一後，兩顆頭顱恰好露出水面。

鬆了一口氣，我對阿莫說：「什麼時候教我游泳？」

阿莫笑了。

幾番秋雨折衝，濕熱的東南風退離岸緣，清涼北風佔領山頭。學期將近尾聲。浪濤憤恨撲岸，海邊不再合適流連徘徊。這個季節，海風呼呼，海洋冷漠地關緊了門扉。

阿莫終於願意回應我的一些溝通和要求，答應不再逃學，答應交作業及考試卷上最少寫上姓名。他也答應教我釣魚和游泳。

儘管如此，我還是難以理解，為何阿莫的作業及考試作答，能夠精簡到讓人嘆爲觀止的地步？像一個並不是不會講話的人，但常以「是」或「不是」來回答問題。好像，他只願意敷衍。

阿莫同樣不和同學交談，不理會其他老師的詢問。他的學校生活，看來只是在對我作最低程度的交代而已。

顯然他心裡還有一大部份關著，或是保留著某些連他自己也不曉得的疙瘩。我當然不可能了解那是什麼，唯一可以確定並值得安慰的是，我相信，他不是故意如此。

常常看到阿莫趴在窗口發愣，像在作白日夢。學校像一所監牢，囚禁著阿莫這個軀殼。

我漸漸發現，海洋是阿莫的鬧鐘，也是我和他之間的一把鑰匙，我總能以海洋話題來喊醒他，或開啓我和他之間的距離。但是，他和他心底間的深沉隔閡，絕對不是三言兩語溝通就有可能突破得了。除了釣魚、划小船出海等共同話題，我需要更多把鑰匙。

北風清冷，學期末了，校園裡的欖仁樹紅了葉片，紛紛飄落。我唸了一段課文，停下來，看到阿莫在座位上眼神空洞地望著窗外。

窗外終日濛濛。我想，這個季節，海浪應該不小。

聽到這裡，終於明白。

林老師約我談事情，應該和阿莫及海洋有關。也明白了，學期中，林老師曾邀我到他班上放映海上拍攝的照片。

我在三年多前，組成海上工作小組，在鄰近海域觀察鯨類生態，累積不少海洋經驗及鯨類、魚類的照片。學期中他邀我到他班上時，我是懷疑林老師的學校在山裡頭，他或他的學生怎麼會對海洋感到興趣？但我沒問。

如林老師交代，我在他們班上放映照片時，除了說些海上經驗與海上故事，儘量多介紹些台灣海域經常出沒的鯨豚。

那次下課後，林老師臉上閃著異樣光采，若有所思地笑著說：「很好，很好。」回想起來，才明白那不是客套恭維，也無關上課講得好或不好。林老師有他自己的盤算。

鯨豚是一種充滿動感、討喜的海洋動物。我常常覺得，那是多麼美麗的因緣，能夠在茫茫大海中與牠們相遇。

有時，鯨豚們會來到船邊好奇探望、遊戲及跳躍。那一刻，牠們是老朋友，是源自大海的情誼。看著水波裡，牠們自在悠游的身影，船上的眼光往往會不自主地追隨。不知覺中，便被勾引了心神。彷如自己也在清涼海水裡，和牠們一起躍浪穿梭。

牠們的每一個水面跳躍，都像跳在心頭的驚嘆號，我常不自覺地隨著牠們的跳躍歡呼。瞇著眼，牠們瞇著眼，偶爾在船邊發出如口哨似的嘯叫聲。牠們簡直是風、是雲、是水。

「對，」林老師說：「那次邀你來課堂上講海豚，可說是特地爲阿莫邀的。不好意思，當你是鑰匙。那次下課後，我看到阿莫眼裡出現了少見的光芒。上課時，我觀察他，幾乎從第一張照片起，他一直認眞、專注，直到下課。平日上課，他從來不曾這樣子。螢幕上那些鯨豚讓他一直醒著，竟然整整兩個小時。」

「阿莫變了，」林老師喝一口續杯咖啡，「那次上課隔天，班長過來報告，說阿莫在牆上亂畫。我以爲阿莫又出狀況了，趕到教室看，就在教室牆壁，大大隻，他用粉筆在牆上畫了一隻大海豚。全班同學都圍著看。阿莫還繼續畫第二隻。實在說，畫得不算漂亮，我責問阿莫在牆壁上畫什麼，他指著牆上的海豚說：『瓶鼻海豚』。畫得不算漂亮，但是挺有模有樣。他解釋說：『高聳鐮刀背鰭，稍微後彎，流線形額隆，眼睛半瞇，身軀壯碩』。

聽到這，我笑了，阿莫解釋給林老師的話，正是我在那次課堂上介紹瓶鼻海豚的台詞。幾乎一字不差。

「當然，當然叫他擦掉。雖然覺得可惜，我還是嚴肅地告訴阿莫：『畫得不錯，但是，要擦掉。』同學們一直都圍在旁邊觀看。後來有幾位老師經過，也過來看。阿莫畫完第二隻說：『花紋海豚』。一樣沒有遺漏花紋海豚的形體特徵。隨後，他跑步去提了一桶水來，用抹布沾水擦拭牆上的他畫的兩隻海豚。」

「海豚成爲新話題、新鑰匙，阿莫不僅跟我談，畢竟同學們都一起上過你的海豚課，漸漸的，他也跟同學們談海豚。海豚似乎一步步在開啓他長久封閉的門扉。」

我看過幾則有關海豚幫助病人的報導——牠們曾經幫助一群老年人重拾生命的樂趣；科學家們也證實，牠們發出的高頻聲波能有效幫助自閉或智障兒童減輕症狀——但這些報導中，受幫助的病患，都是在海水裡與海豚相處。沒想到，阿莫在岸上，在山裡頭，而且還只是照片而已，竟也如此因緣際會的受到影響。

「還有，還有一次阿莫喊報告進來辦公室，遞給我一隻黏土捏的虎鯨說：『公的，送給你。』說完轉身就跑開了。阿莫第一次主動來辦公室，我有點錯愕，反應不過來，愣看著那隻阿莫捏的黏土虎鯨，發呆許久。翻過來、轉過去，我想著阿莫為什麼說牠是公的。

「我想了很久想不出答案，後來去翻了鯨類圖鑑。原來答案在背鰭。慚愧，慚愧，一樣聽課，阿莫聽得比我多、比我仔細。」

「功課呢？」

「我鼓勵他說：『若是功課進步，我就說服你阿公，讓我帶你去認識那天上課講海豚的人。』這次段考，他平均分數六十五分；終於及格；所以帶他來找你。別的同學很吃味，說我對阿莫特別好。我想，當作鼓勵，大概就這一次了。」

「阿莫！」林老師喊了一聲，只是一般音量，就喚起了一直專注在櫃台上的那孩子。我們的注視下，阿莫慢慢走過來。這孩子一手藏在背後，一手搔著後腦，模樣有些彆扭。夾克拉鍊幾乎頂著喉結。

「我的學生，阿莫」林老師介紹。

算頭一次正式見面。大概同樣都喜歡海，都受到海的影響吧，感覺像是見到親人般的親切。

還沒出海工作前，我在岸上的生命也曾經乾燥、枯萎。害羞、木訥、沒有自信、講話結巴……出海工作後，彷彿報章雜誌誇張的美容前、美容後廣告，換了個人似的。

原來生命需要窗口，而海洋就是一扇方便又寬闊的窗口。

當然，我還是無法理解，爲何阿莫對海的執著，甚至病態到封閉了他岸上生活的這個部分。是否受他父親捕魚一去不回的影響？照理說，他會怨恨海，怨恨海奪去了他的父親，破壞了他原本平靜的家。實在想不透阿莫他向海的衝動源自哪裡。是否，我和阿莫血液裡同樣流著不可知的海洋因子？

阿莫從藏著的背後，拿出一張紙杯墊說：「送給你。」我知道他是要送給我的，但是他遞給林老師。

杯墊上畫著一隻海豚。

林老師接過杯墊，看了一下抬頭問阿莫：「什麼海豚？」

「小偷海豚。」我搶先在阿莫回答前講了一句。

阿莫很有表情的望我一眼，笑瞇瞇的。

林老師搔著後腦，表情鬼祟地輪流看著我和阿莫，好像我們偷藏了什麼寶貝，不願意和他分享似的。

阿莫畫的是一隻弗氏海豚。成體弗氏海豚的體色特徵，通常會有一線黑帶線條從眼前橫拉至下體肛門部位，這使得弗氏海豚看起來像戴著黑色眼罩的小偷。我在課堂上曾經這樣形容。

阿莫聽見了，聽見了我的形容，也聽見了海洋的聲音。

「暑假去看海豚？」我望著阿莫說。

「聽到沒?功課好的話，暑假去看海豚。」老師就是老師。

「騙人。」阿莫以爲我只是哄他。

「眞的去！」我補充保證。

船隻通過港嘴，轉出港堤，水色青混，自溪口沖刷下來的泥沙懸浮在海水裡，濁混了湧晃不息的大片海藍。近岸這片海域，海與岸的糾葛仍然繁複牽連。引擎厚重的吼聲似在承擔，受力，急欲掙脫來自岸上的牽扯。

左舵十五度，船尾掃出半圓白波，船頭弧轉，漸漸指向東北東方。回舵歸正，輕推油門桿，船速從十節、十一節，增至十五節。船隻擺脫牽扯，如飛機自跑道仰頭衝起，船隻挺挺離岸。

兩浬……三浬……船隻離岸漸去。

橫亙山脈自半空下沉，漸漸扁平，如天邊浮著的一列山丘。天穹漸高，色調逐漸單一。海天開闊。

想到阿莫填寫在問卷上的那一行字——想造一艘船，當船長，航行出海。

右舷前八百公尺，發現一群海豚水面跳躍。水花繽紛如在熱情招呼。右舵五度，船身輕巧趨近。

海豚們翻身俯衝，翩游至船頭突浪裡側擺蛇行。水色深藍澄澈，陽光撒了金粉，任牠們海面逗弄。

一下子後，牠們旋身下沉，三公尺、五公尺……十公尺，濛濛水波裡身影晃動，牠們仍在悠然下沉，如同在鑽探海洋不可探問的深邃。

轉折又起，牠們抽擺著身子彷彿來自海底的幽明，逐漸拾回了光影網膜，重新披在身上。沒有稍停，牠們身影清晰明亮，將近水面。

嘴尖刺破海面，拔起身軀，拔起水波紛揚旋轉。海豚帶著深海訊息，衝破海面天空。

我心裡想，阿莫應該會喜歡這一刻。

7

一七星潭一

一陣煙塵瀰漫，人頭像糞坑裡湧動的蛆蟲，翻浪爭搶那散落在七星潭海灘上的七星煙。

一陣煙塵瀰漫，人頭像糞坑裡湧動的蛆蟲，翻浪爭搶那散落在七星潭海灘上的七星煙。

七星潭是個海灣，海面經常映著弧抱的山群，若不是灣緣那像是鑲著蕾絲邊的浪濤，風浪平靜時往灣裡看去，還眞讓人錯覺是某個湖泊。灣裡捕魚的討海人，指著那矗立的山影說：「看，那山有多高，這潭就有多深。」不曉得是否因爲山高、水深，這海灣不依一般稱「灣」，而習慣稱爲「潭」。

灣裡海水常常很藍，像一只藍色口袋。這個小口袋，收容了外頭湍湍海流裡匆匆過路的魚群，收納了無遮掩的海風進來盤桓。是否曾經有七顆星星流入這個灣裡漂流？或者，曾經七顆星星在潭岸擱淺？「七星潭」這名稱的緣由，無論在七星潭漁村或小城，沒幾個人講得清楚。

像口袋，也像個陷阱。外頭始終由南往北原本單純的黑潮洋流，一流入潭裡就成爲錯綜複雜的洄流。有時候，從不稍停的浪濤，將灣底的沙礫打上岸來；從不疲倦的浪潮，有時又像個頑皮的孩子，一爪爪掏走了曝在灘上的沙礫。這些沙礫滾滾蕩蕩，來來去去，像是浪濤在灘上擲骰子，有時甘願堆疊，有時變臉就掏些回去。這灣、這岸，這海與灘，始終玩著不會停、不會膩的遊戲。

灘上常有小孩趴在沙地上掏挖，彷彿裡頭埋著什麼寶藏。灰黑色沙礫裡，有時會藏著些貝殼。清晨或黃昏，常有人沿著浪緣行走。時走、時停，有時撿起石礫丟向海浪，有時低頭像在尋找什麼。這些來到海灘的人，最常做的事就是什麼事也不作，看著海面發呆，像是在期待什麼。

海風強盛的季節，海面疊上了點點白浪，整個潭灣像沸騰的鍋子。海風越強，白浪越多，海面浪靄茫茫，像覆著一層白幛薄紗。

幾天後，海風過去，浪濤稍止。灘上擱著形形色色曾經在灣裡生活或漂流的漂流物。如衝浪板形狀的白色烏賊骨鞘、破碎的船板、蜷曲的斷纜、殘敗的魚屍、剝了皮的漂流木、半邊長著藤壺的玻璃瓶塑膠罐。

起風的季節，浪濤像火燄，燃掉了這些漂流物的外衣，燒爛了它們的外形。風一停，漂流物赤裸裸躺在灘上，像一顆顆無法探究一路走來的化石，像一顆顆躺在灘上的句點。生命的句點，漂泊的句點，故事的句點。

灘子那頭斜擱著幾艘漁船，船頭隨著灘緣斜向灣裡，像一群賽跑選手聚在起跑線上等候槍響。他們僵直、凝神，好像準備著隨時就要衝下海洋。

船群外，大約百公尺距離，一艘小船孤伶伶地離群獨立。小船舷板蒼白，四處磨痕，油漆斑駁，像老人臉上的皺紋。這艘船是七星潭村子裡，大家喊他「陳桑」這個老人的小船。

幾十年了，陳桑獨自在村子前的海灣裡捕魚。

六、七十歲上下，陳桑的年紀確實也沒人曉得。他一臉皺紋深刻，像是經歷過無數滄桑。村人一提到他，習慣上會在話頭、話尾加上一句：「啊！那個怪老子。」這個村子，他應該住了三、四十年以上，奇怪的是，從來沒有一個村人能夠講清楚，陳桑什麼時候來到村裡？從哪裡搬來？甚至，村人幾乎沒看過他與什麼人來往。「羅漢腳仔、怪癖、沒什麼瞭解……啊！那個怪老子。」村民們講起陳桑，眞像是在談一個外地陌生人。

海灘斜落，層層抹抹的沙礫像是被海浪的指頭細細篩過、抹過、挑過。砂糖樣的顆粒細沙、綠豆大小的小石礫、花生仁似的粗礫、饅頭粗的卵礫。大的邀集大的，小的吸引小的；一堆堆擁聚著。灘上彷彿畫著一道道不規則的曲線，區隔著石礫的大小派系。看似隨機隨緣，又好像因循著某種流動的規則。那是只有這灣、這浪才曉得的私密韻律。

天還沒亮，陳桑就把他的小船推下灣裡，像消失了一樣。好幾天，村子裡的漁船很少在漁場裡看見他和他的小船。

不知過了多久，從來不會有人在意到底過了多久；像是忽然從哪處海面冒了出來，隨著拍岸浪濤，陳桑和他的小船，帶著些漁獲回來了。就像漲潮和潮退，陳桑的出航和回來。村人形容說：「啊，那個怪老子，該去的時候就去，該回來的時候自然就會回來。」也許，哪天陳桑不再出海或不再回來，應該也會像往復的海風，像來來去去的沙礫，不會有太多人在意。

大約是兩年前的事了，有天傍晚，陳桑船尾拖一條比他小船還粗壯的鐵皮旗魚回來。這件事是村民對他比較深刻的印象。但也不過像浪花一樣，那條鐵皮旗魚賣了個好價錢後，海風颳了兩天，村子裡很少有人再提起這件事。當然，也始終沒人知道，他在哪裡、又如何拖這麼一條大魚回來。

襲岸浪濤洶洶捲起，濤聲似一索長鞭聲聲串疊。千浬萬浬浩瀚湧來，浪濤像眼鏡蛇那樣昂起了頸脖，提懸著一股懣悶的氣。總是軟趴趴的流體，終究支持不了太久，頃刻間便瓦解了。濤聲奔出，如一鼓作氣、沒有煞車的一場坍塌。

浪峰嚷嚷奔向灘岸，白沫橫鋪。衝撞的、搥打的、掏挖的、鋪抹的、蹂躪的。卵礫在浪濤裡受不住挨擠，受不住感動，叩叩磨磨的，隨浪頭湧奔、攀爬；一下子後，又磨磨叩叩的，被退卻的浪花召集、拖蹭，嘩啦啦地大舉撤退。

整整兩年過去，陳桑的行蹤像村子前的浪濤，村人聽習慣、看習慣了。再壯闊的浪濤，常常聽、常常看，也變得逐漸透明，逐漸隱形。

矗立在灣北的清水斷崖，座落灣南的奇萊鼻岬，一北一南，兩座山頭合力挾彎了七星潭海灣。口袋似的灣底，聚落著長年在灣裡捕魚的七星潭漁村。

天亮剎那，陳桑和他的小船已經划在灣裡。這時的魚群總是像是啜飲了海天甦醒的活力，紛沓的在水面上翻躍。多少次破曉片刻，陳桑原本鬆垂在舢板上的漁繩，像是忽然釣住了一顆飛奔的星球，漁繩瞬間變得又緊又直。多少次了，陳桑根本沒有回手的機會，根本沒有瞧一眼對手的機會。不過「啊——」一聲，那拖在語尾的破折號就這麼無限延伸了。

陳桑說：「這就是驚奇。」

遇見這樣的驚奇，陳桑也不沮喪，也不衝動，只是靜靜地再綁了個釣組，再次輕輕地放下船舷。彷彿他期待索餌上鉤的只是驚奇。他覺得，只要碰上和平日不一樣的遭遇，只要能讓他這麼「啊——」出一聲的，都算是驚奇。

他常常想，少了這些驚奇，這輩子還剩下什麼？

看了一輩子的海上波折，他認爲太平靜的日子就像太平坦的海面，無風無搖的漂泊讓船隻容易厭倦。「不如擱在灘上。」他常自言自語說：「已經下坡、已經如落潮底的年歲，還能有多少次驚奇的機會？」

他的小船比村子裡任何一艘船更勤快出海。

有一次，天亮後沒多久，他看見一棵巨木浮在船邊，是棵棕褐色的浮木，長度至少有三艘他的小船那麼長。

一下子後，浮木竟然動了，原本堅硬的木幹，竟然巨蟒樣的滑溜起來；抹了一身油似的，浮木流進水面。

那收尾沒入的一圈漣漪，蕩得小船搖晃不已。

「啊——」，多久了，「多久沒暢快地喊這麼一聲。」陳桑才這麼想著，那根浮木幾乎緊靠舷板竟抬頭在他舷邊。

小船太小，巨鯨太大，又靠得實在太緊。

「噗」一聲，一樹煙靄船邊隆起，噴得陳桑仰盡了頭，仍看不見頂端。

「啊——」這聲拖得夠長，以爲到盡頭了……沒料到又被高高噴起。

當然，一時陳桑仍顧忌他的小船會被扛翻，他想到要把船隻划開，但又幾分好奇。躊躇間，他選擇留在原來位置。這動與不動之間，使得小船盪著像是發抖，又像是興奮的漣漪。

巨鯨噴過氣後，無波的、滑溜的，緩緩順過他的舷邊，沒入海面。舷下水色一大片移動著的棕紅影子，他還看見匆匆一群銀亮小魚，像是搭著這片棕紅色大塊飛毯，一塊離開他的船底。

不過短短時間，他的心情有些驚慌，有些歡喜，有些激動，以及從來沒有過的平靜。望著漸去的鯨背，他收拾了懸在舷邊的漁線，稍稍划動船艄，朝向才剛剛被曦光拂照的灣岸划去。「這天夠了，」他一邊划船一邊唸著：「這樣的收穫，夠了。」

之後的清晨，當陳桑準備將小船推進浪裡時，他總會拍著船舷對著小船說：「老傢伙，這一趟會不會有機會？」

開春過完年後，年節喜鬧的氣氛還籠罩著整個漁村。風一吹，門眉貼著鮮麗的門聯，一地隨風旋舞的鞭炮碎屑。這天，灣裡颳著強盛北風。天還沒亮，陳桑推門走了出來。漁村面向東北，迎著掃過海面的所有強勁北風。門口黑木電桿上的暈黃路燈搖搖晃晃，幾株老榕黑幢幢、嘩嘩啦的一陣驟響，掀傘花似的，滿樹葉片紛紛抖擻像要飛騰離去。風聲淒厲，像長鞭子甩打在村子上空。

狗吠聲飄得老遠，一只飲料空罐匡噹陪著一地枯葉嘩啦啦，趕路似的跑過路面。陳桑披一件綿絮有點外露的老舊大衣，戴一頂已經磨掉氈毛有兩邊護耳的呢帽。他一手壓住帽頂，一手護在襟口，頂著風走向海灘。

明知今天不能出海，應該也不會有機會了，但陳桑還是在這破曉時刻走向海灘。一天沒看到海，沒嗅嗅海風鹹味，他便會感到胸腔枯乾，感覺自己像一條乾癟過流（不新鮮）的魚。剩下的歲月，他知道，需要海水和海風來鹽漬和保鮮。

通過窄隘巷道，越過海堤。堤防上，海防哨所裡的一位值勤士兵將頭顱探出崗哨。看到是熟悉的身影，又放心地縮身進去。天還沒亮，這樣的天候，只有怪老子陳桑會來海灘。

小船伏據在昏暗灘上，像埋著下巴承受著冷冽的北風。沙粒飛騰，一陣陣擦撞船身。一陣緊、一陣弛。船身像只音箱，叮叮錚錚響著北風的節奏，響著北風灘上行走的腳步。

長浪翻白，洶湧覆上灘岸。

夜暗灘緣被浪濤敷抹出片片滑動的白影，如千萬隻蒼白爪子一下子攀弄灘岸。卵礫在進退的湧浪裡翻滾、擠碰，發出低沉如悶鼓敲擊的隆隆聲。

陳桑勾住脖子，痀僂著背，走到他的小船邊。「應該不會有機會了，今天，老傢伙……。」他輕拍船舷，如在安慰老朋友。

東邊天際淡淡濛濛，微弱的天光仍在濃密的暗黑裡糾纏不清。灰雲洶湧，如放慢了動作的湧浪懸上了天際攪滾。灘上一波波沙痕受風褶皺、扭曲，幽微的光線讓整片沙灘看起來像洗衣板，像海灘受不了風寒皺起的疙瘩，像魚鱗片片層層。

雲縫間隙，熹微漸漸洩漏。

順著漸明的海灘弧線，往東南向望去，黑魆魆的奇萊鼻岬，漸漸從黑暗裡走了出來。天色一點一點亮了，灰鬱鬱海面逐漸被天光從夜的混沌裡離析出來。白浪悠悠高舉，舉聚成峰丘，停頓了一下，然後往前仆倒。白沫如雪花漫上坡來，又嘆聲退去。天色在這來回的湧退間，拉扯得越來越亮了。

陳桑像是看見了什麼，忽然跨前一步，離開他的小船。

眼珠子瞇起，睜開，再瞇起。像要看透水面、看穿眼前的昏暗。他僵在灘緣，注視著起落不止的浪濤。

「那是什麼？老傢伙，那會是什麼？」一下子後，他右手舉出，僵直地指著滾滾濤浪；左手伸在背後摸索。終於探著了他的小船。

他指著的這波浪峰，很快地垮向灘岸。

他繼續指著後頭醞釀中的另一脈浪峰，「看見沒？看見沒？」他喊著說。

看見了，看見了，就在浪峰後頭，隱隱約約，一塊塊黑褐色方塊浮在海面。

那些方塊，大小看來像是漁民漁撈作業用來懸垂漁網、漁具的方塊泡棉浮球。

如在玩耍球場波浪舞，這些方塊，給湧浪一波波抬起、一波波放下；又抬起，又放下；在浪峰和浪谷間韻律浮沉。

天色越亮，浮出越多。

「啊——密密麻麻，啊——還不只數百、數千個」。陳桑噗噗拍著小船船艏，嘴裡喊著：「會是什麼?老傢伙，可能會是什麼?」這些方塊不僅隨浪湧動，還一邊緩緩漂動。

從夜暗裡走出來的奇萊鼻，像是遠遠對著海面這群方塊召喚。

像是終於尋到了方向，方塊結伴往鼻岬那頭漫漫漂了過去。

陳桑的眼睛、腳步和心神，彷彿都被海面這些漂浮方塊，繫上了一條看不見的絲線。

他被這些方塊牽拖，轉過身，說了一句：「是驚奇!」收回了他攀著小船的手，一步步離開他的小船。離開了多年和他一起遭遇驚奇的老伙伴。

數年前，村子裡一個小孩被看見兩眼發直，楞楞地走在灘上，似是被某種無形的「東西」牽引、召喚。小孩斜過沙灘，走向奇萊鼻；最後，走入浪裡。村人說，這小孩中了邪，被迷了心竅，被「那東西」拉進了海裡。

奇萊鼻岬角坡緣受浪侵蝕，迎海如刀削陡峭，聳立在海灣盡頭的濛濛浪靄裡，如裹著白紗下巴擱淺在灘尾的一顆龐碩頭顱。

鼻岬黝黑的底岩斑駁裸露，顏面聳昂，像個盡責的海灣看守者。它鐵青著面，瞠視著海灣。崖壁上蔓生了叢叢青綠色的草海桐。鼻岬下，除了偶爾出現的拾荒老人，村子裡很少有人願意走到鼻岬下來。

說不出爲什麼，這岬角吐露著一股讓人不想靠近的陰森與荒涼。

日據時代太平洋戰爭期間，一艘日本運兵船在距離鼻岬數浬外海域被美國戰機炸沉。罹難的兵員屍體，像受到這座鼻岬召喚，陸續湧到鼻岬下來。岬角下的海灘，老一輩村人說：屍骸堆疊如一座小山。

三年多前，一艘漁船在灣裡翻覆。風浪太大，村裡漁船不敢下海去救。大家眼睜睜看著翻覆的漁船在灣裡漂流。天黑前，漁船漂流到岬角下，這時，船主女兒跪在鼻岬海灘，放聲哭喊她的父親。漂流漁船似乎聽見了哭喊，漸漸漂近鼻岬。一下子而已，船隻和船主屍體一塊沖上海灘。

這黑色鼻岬，是個稱職的海灣捕手，他攔截、捕抓灣裡大大小小的漂流物。鼻岬下經常錯綜堆積著挫斷猙獰的漂流木、脹飽肚皮不曉得漂流多久，終於擱淺發臭的各種動物屍體、枯乾瓦碎的各樣白骨、斲裂破朽的船板、糾纏成蟲繭樣的漁網、半邊乾裂半邊長著藤壺及茗荷介的瓶瓶罐罐、綳斷的船纜、折裂的竹竿、形形色色的浮球……這些無論經歷，不管身份，海灣捕手都收留了它們。不嫌不棄地收容了海灣裡所有的破敗和不幸。

村子裡的漁船都曉得繞行避開這座黑色鼻岬，儘管岬下海域生長著豐盛的魚群，船隻還是儘量離得遠遠的，像是害怕沾染到鼻岬散逸的不祥氣息。

夜裡的風浪是個勤快的泥水工，一遍又一遍地刷抹沙灘。當黎明來臨，幾乎沒有瑕疵，整片沙灘像少女皮膚那般潔淨。陳桑踏印出的腳印如此顯眼，一排腳印灘上傾斜，漸漸斜入浪頭。

幾個大浪潑得他滿頭滿臉。

每一次，陳桑在海上拖拉大魚，當大魚被拖拉到舷邊時總是特別翻騰，像是覺悟了剩下的時間有限。最後的掙扎。大魚奮力擺尾、抽身、甩浪，經常潑得他一頭一臉。

「拉不上甲板的不算大魚，老傢伙……」他咬牙使勁，這拉拔的最後關鍵，就在能不能把握關鍵機會，將獵物從濕濘的世界拉進來乾燥的世界。

走在浪緣，兩眼瞪視著海上方塊不放，陳桑一邊走一邊挽捲袖子，「拉不上甲板的不算大魚，呸！」吐一口痰在灘上，他反覆咕噥這句話。

他在等待一個關鍵機會，提這些魚上來。

他實在不知道這密密麻麻漂浮著的方塊到底是什麼？海上這麼多年過了，村子也住了這麼久，可從來沒遇見過這樣的事。寒風呼呼，他覺得胸口熱烘烘的。走幾步，他又咕噥了一句：「不管是什麼，確定會是一場驚奇。」

越靠近鼻岬，受灣裡迴流的牽引，海上那密密麻麻載浮載沉的方塊越漂越快。陳桑三步化作兩步，海上魚群越走越快，他得加緊腳步。

他曉得，要堵住這群魚，得儘快趕到鼻岬下等候。只要潮水一變，這些方塊將會被鼻岬擷住。

走到鼻岬下時，天色才算完全亮開來了。漂在前頭的幾包方塊，果然如他所料，漂近鼻岬。在鼻岬下的湧浪裡膠著盤旋。陳桑口袋裡摸出一包新樂園，撐開大衣前襟，低頭在懷裡點著了一根菸，深重地吸了口氣。

青藍菸煙隨風飄向崖壁，陳桑低頭看了一眼手錶，轉過頭，對鼻岬說：「抽完這根，就讓它們上來吧！」

一根菸還未抽盡，果然，一波大浪出其不意地擷抓住一包方塊，像一頂神轎被信徒哄哄扛擁著，碎步衝上坡緣。

湧浪後退，被衝上坡緣的這包方塊搖搖晃晃顛了兩顛，像前線衝得太快的孤單士兵，猶豫著該繼續前進或後退。頓顛著，後退的白沫汩汩沖刷方塊。一邊是鼻岬的呼喚，一邊是海浪的牽引，兩邊都在使力，這包方塊遲疑著，不知如何是好。

最後，這包前鋒方塊終於下定了決心似的，旋了個一百八十度身，眼看就要退回去它的群體裡。

陳桑頭一偏，吐掉菸蒂，幾個跨步，追進倒退的白沫裡。

像是提住大魚的巨腮，他的手臂、指掌筋骨突露，五根指頭虎爪樣的伸張開來，緊緊、深深地扣掐入大魚的喉底。

白浪退去，傾斜的灘上擱住了濕淋淋的陳桑，和他扣抓住的一包方塊。

陳桑倒退著，將這包方塊一直拖拉到浪濤再也舔不到的灘子上頭，才罷手鬆開。

是黑色塑膠紙層層包紮著的箱子，感覺沉甸甸的，秤不出裡頭裝的是什麼。他兩三手貓爪子似的撕裂了一些塑膠紙，露出裡頭的褐色瓦楞紙箱。箱子上印刷一排他看不懂的豆芽菜英文字。

「管它什麼，」陳桑咻咻喘氣說：「拉上甲板的就是魚。」

北風繼續呼嚎，陳桑一下子功夫拉起了五包方塊箱子。氣喘咻咻，他蒼老皺紋的臉孔，迎著晨曦，浮出少見的紅潤光澤。水滴紛飛，呢帽兩邊護耳和大衣衣擺，像栓不住的龍頭不住滴著水簾。

陳桑還想多撈幾包。

一轉頭，他看見村子那頭，茫茫浪靄裡已聚集了一群人。

每一個，都像是分別被海上方塊繫綁了絲線，一個個木頭人似的，漸漸在灘緣列成一束縱隊，中了邪似的，只看著海面，茫茫然走了過來。

縱隊後頭，另一群人越過堤防，灘上聚集。先是往海上指指點點，接著在灘上奔跑，然後，融化了一樣，乖乖的被收編入縱隊裡，跟上了縱隊尾端，朝著鼻岬走來。

看到了這情況，陳桑趕緊分別將那五條大魚拖拉、拖拉，灘上烙下了深刻的沙痕。他分別將五條大魚都拖拉到鼻岬下、坡坎邊，一座傾廢的海防碉堡裡頭。他還在草海桐樹叢裡折了些枝葉，將那五條大魚嚴密地遮掩起來。

走回沙灘，陳桑手腳並用，將灘上的拖痕胡亂的踢踢抹抹，直到看起來像一群野狗糟蹋過的海灘。

陳桑脫下呢帽甩了甩水，拉拉衣襟，整了整衣領，還伸手抹了一下已經稀疏的頭髮。彷彿什麼事都沒發生，他勾起下巴，痀僂起背，回頭往漁村走去。

漁村那頭，人越聚越多，熱鬧情況一點不輸給海上的漂流方塊。

海上方塊排成一股靜默晃蕩的海流，灘上人群列成一道熱鬧的溪流。若不是海與岸如此嚴峻的隔離，這海上的鹹水海流將與岸上的淡水小溪立刻合流爲一股不鹹不淡的洪流。

小溪裡的動作越來越多樣，有奔跑的，有揮手的，叫喊的，也有幾個暫停了腳步，在灘緣望著海面，像在期待什麼。像朝聖隊伍，每個個體，最後都不自主的被隊伍帶著走，湧著走。北風儘管呼吼，浪濤儘管洶湧，都澆不熄這股冷涼的海流所引來的人潮。

這一灣灘路上，似乎就兩個異教徒。

一個是陳桑，他與信眾隊伍反方向走來。另外，介於朝聖隊伍和陳桑之間，有一個舉著釣桿，戴著厚片近視眼鏡的中年男子停在沙灘上。

釣魚男子把寬邊帽壓得低低的，幾乎壓到了他厚重的近視眼鏡鏡框。他應該是繼陳桑後，天還沒亮就下來沙灘的第二個人。專心為了釣魚吧，他下來沙灘後，可能忙著組裝釣具，也可能是他的厚片眼鏡，讓他忽略了海面上、海灘上異於尋常的熱鬧。這時，釣魚男子高舉雙手，把一根新的釣桿擺在腦後，就要出桿甩出餌鉤。

這樣的天氣會來釣魚，不是新手就是釣魚仔憨。

釣魚男子準備甩桿的姿勢，僵住了。他舉桿杵在那兒，這才發現海面上密密麻麻，全是方塊盒子。

「什麼鬼啊？」釣魚男子似乎在猶豫，該把餌鉤投甩到哪一個方塊間隙。

陳桑走近他身邊，迎風恰好聽見了釣魚男子的猶疑。陳桑笑孜孜說：「少年家，釣魚……」話才講一半，他們倆背後傳來一陣窸窸窣窣，聽起來無比堅定的腳步聲，打斷了陳桑的話尾。

兩人一起回頭。

原來異教徒還有這一位。後頭走來一位戴藍色棒球帽的年輕漢子。藍色帽子上繡著「義警」兩個鮮黃大字。這漢子矮壯，身型飽滿，像一根腫脹得將要撐破外皮的香蕉。他穿一雙長筒黑色皮靴，健步將灘上的卵礫踩得吱吱嘎嘎。漢子單肩背一只與他身材極不搭襯的特大號帆布背袋；胸前掛一副雙筒望遠鏡。

漢子走走停停，三兩步就停下來一次，舉起望遠鏡，像在監看海上波浪似的，監看著海上那些漂流方塊。

釣魚男子終於認命地垂下釣桿。義警仍在望遠鏡裡摸索。陳桑陪著，三個人像是熟識的朋友，併肩立在灘緣注視海上。

他們神情一致，只是眼光長短各有不同。

「什麼東西呀？」釣魚男子問。

義警沒有回答，望遠鏡裡看了好一陣子。

義警緩緩放下望遠鏡，眼睛沒有離開海面，遲遲的，老道地說：「還看不出來吶。」

「看起來不錯的東西。」義警嚥了一口口水說，好像在望遠鏡裡看到了豐盛的餐點。隨即，又把望遠鏡舉在眼裡。

放下望遠鏡，義警終於轉過頭來。

「啊——」像發現了什麼寶藏，義警眼縫瞇得比一片柳葉還窄，臉頰因興奮而微微顫抖著。

「啊——」義警柳葉眼一睜、一亮，牢牢盯著釣魚男子手上的釣桿，像是發現了開啓寶藏的鑰匙。

一個弓步趨前，義警手臂親暱的環上了釣魚男子的肩頭，把陳桑隔開在他們背後。

「有沒有大鉤子？」像在說什麼秘密、講什麼悄悄話，義警對著釣魚男子耳邊，儘量壓低聲調。

釣魚男子收了收肩，似乎不習慣被一個陌生、矮壯的男人這麼寵愛著。

「換上大鉤子，釣……」義警的尾音被風聲截斷了。

他們交頭接耳，義警還一邊牽著釣魚男子往前走了幾步，離開陳桑一段距離，像在密謀什麼顧慮被竊聽去。

陳桑跟了去，被義警回頭瞪了一眼，只隱約聽見風尾話絲，義警說：「一人一半，當——然，當——然，一人一半……」

看來已經達成協議。

陳桑不知趣的把手臂伸前，趁隙穿越了義警和釣魚男子勾搭的肩頭。他是好意想告訴他們兩個，不用麻煩了，到鼻岬下去等著就有。

義警聳起肩，揮手，幾次擋掉陳桑前伸的手臂。意思清楚明白，他強悍地制止陳桑的參與。

義警將全部精神和希望都放在釣魚男子身上，或者說，都放在釣魚男子手上的這根釣桿。

「也好。」陳桑嘀咕一聲，坐下在沙灘上。

也好，他想，戲棚下看戲，看看義警那男子要把戲；另方面，他也好奇想知道方塊箱子裡究竟裝的是什麼。

陳桑摸了摸大衣口袋，掏出他的新樂園，這才發現，整包新樂園全濡濕了。他有點懊惱將濕掉的新樂園拋在沙灘上。

「咻——」一聲，釣桿在空中劃過半個圓弧，鉛錘帶著沒有裝餌的大鉤子往海面那些方塊砸了過去。義警操桿，釣魚男子一旁鵠立。釣魚男子兩個肩膀隨著義警揮桿而高聳，兩眼緊隨鉛錘拋物線弧射遠去，腳跟踮起，彷彿他整個人都跟著釣鉤飛到了最高點。

北風冷颼颼，陳桑打濕了身子，可是他一點也不覺得冷。

人群縱隊漸漸往他們三人靠近，一朵朵熱熾熾火花灘上激烈地燃著。整個海灘只有陳桑一人閒閒坐著。

鉛錘撞進水面，激起水面一朵小小白花。義警一邊捲線，一邊挫動釣桿。陳桑心裡想：這分明是挫魚，不是釣魚。

一遍落空，再來一遍。義警那男子不厭其煩，學浪濤拍岸的堅持，一遍又一遍地甩桿、挫桿。

人潮縱隊一定速度往這頭瀰漫過來。

義警轉頭瞄了一眼，加快了手上動作。

「嗶、嗶——嗶、嗶」一陣激昂、短促的哨音從漁村那頭傳來。

三個異教徒一起轉頭。村子前，一大群穿著灰綠色野戰服的士兵，端著長槍像蟻窩出擊的兵蟻，一群群從堤防缺口湧進沙灘。

信徒們停止前進，紛紛回頭看向士兵。

灘上，士兵集體奔跑。「唰！唰！唰！」，鐵蹄雜沓聲憾動了整個海灣。灘上霎時又衝出了一道流速飛快的綠色湍流。

大約每十步間隔，一名士兵留下來持槍面對海上方塊站崗。士兵隊伍像一輪巨大的電纜輪軸，一路灘上滾壓過來，後頭留下一條長龍似的站崗尾巴。

整個海灣在士兵的奔跑和哨聲中戒嚴了起來。

士兵隊伍如勢不可擋的箭鏃，一路剖開灘上人群，原來的小野溪被這股激流沖斷了，原來的海灘縱隊紛紛退讓，形成夾道場面。

人群停止了喧嘩，忽然安靜下來，彷彿失去了流動的推力，原本繫綁在他們身上和漂流方塊間密切牽連的絲線，被士兵強悍的奔跑給一一衝撞斷了。人群失去了笑容。

士兵的這隔離行動，斬釘截鐵，如士兵槍桿子所展現的強勢威權。

才一下子，情勢整個逆轉。

方塊被監視了、被隔離了。方塊和人群的關係變得遙遠陌生了起來。

站崗士兵推步進逼浪緣，方塊被當作囚犯般監視住了，彷彿連漂流的自由也失去了。

「喔——」義警那男子適時發出一聲呼吼。

釣桿彎成弓月狀，義警短而壯的兩腿有力的夾住桿頭，兩臂攬住桿身，咬牙後仰，死命撐持住釣桿弧度。

「咿咿——呀呀，咿咿——呀呀……」捲線器攪動。義警兩膝微屈，胳臂頭鼓出饅頭樣的肌丸，他熟練地把身體彈性和釣桿張力操縱到了極限。

釣魚男子在義警身旁、身後繞著半圓圈子，想幫忙又插不上手，只好跑來跑去繞圈子。

戰戰兢兢，義警撐緊釣桿，桿尾左擺右晃。

釣魚男子似在擔心他的新釣桿是否經得住這般操磨；可能也擔心好不容易上鉤的這尾大魚是否脫鉤；應該更擔心的是，士兵隊伍已經兵臨城下。這時，釣魚男子承受著比釣桿撐持更大的張力。

「一條大魚嘛……」陳桑提高聲調說。

義警抽空轉頭，狠狠瞪了陳桑一眼。意思簡單明瞭——「閉嘴。」

上鉤的方塊緩緩離開了魚群。

義警把釣桿交給釣魚男子繼續撐住，他兩三下扯掉頸子上的望遠鏡和肩上的特大號背包，比士兵還英勇的氣魄和姿勢，衝入了翻騰的浪頭裡。

那眞是一場搏鬥啊！義警和被鉤住的那條大魚，在進退洶洶的浪濤裡翻滾作一團。波浪屢屢蓋過他們。義警幾次冒出頭來，傾斜的灘坡上激盪起一樹樹高聳的戰鬥浪花。

釣魚男子右肩右傾，左肩聳揚，身子後挺，釣桿後拉。「喔——」釣魚男子學義警口氣，嘴裡喊著，喘著，終於找到了這場釣魚過程中他明確而有用的位置。

他咬牙，皺眉，顫抖著臉頰。可以肯定的，釣魚男子充分享受著可能這輩子難得釣上的大魚。

義警大氣喘不停，全身濕漉漉滴水。他將那尾大魚無比英勇的拖拉上來。

義警兩眼通紅，幾乎沒有浪費拖起魚後的每一秒鐘，立刻跪下沙灘，動手去撕扯方塊盒子上的塑膠套。

士兵的哨聲和踏步聲如快速晃擺的節拍器，一記記敲打在義警的耳膜上，一記記催促著他手頭火燒樣的撕扯。他必須在士兵大隊人馬趕到前，就是快那麼一秒鐘也行，他要扯爛這塊箱子，造成無可恢復的既有事實。

黑色塑膠套碎裂繽紛，義警不過才兩隻手爪，這包方塊竟像是被一群饑餓的豺狼爭搶糟蹋，土黃色箱子兩三下就露了底。

陳桑悄悄撐起身子，想過去看看，到底箱子裡裝的是什麼。

多麼敏銳的義警，陳桑不過撐了手肘才起了個半身，義警就白眼瞪了陳桑一眼。

陳桑又坐回去他的沙灘。

義警一臉冷酷，抓破塑膠套後，指爪繼續發功。「煞！煞！煞！」一陣簡潔有力的扣抓，義警兩手啪躂躂輪番抓擊紙箱。

不過一兩秒鐘，紙箱像脆餅，像薄冰般裂成碎片。裡頭白花花的一條條香菸潰擠了出來。

「MILD SEVEN，MILD SEVEN！」釣魚男子像個發現寶藏的孩子，興奮的嚷叫著：

「七星仔，是七星仔菸啦。」

「啊——原來七星潭產七星菸。」陳桑住在七星潭村子這麼久，這一刻，他恍然明白了。

義警早將他特大號的背包大大的撐開，拉鍊上下開張，如森森兩列嚙齒蠕動。一條條、一尾尾，被這特大號袋子生吞活剝的掃進袋口裡。像是害怕那一群白花花活蹦亂跳的小魚跳回海裡似的，如畚箕鏟落葉，義警埋頭不曾稍停手上的挖剷。

釣魚男子手上還持著釣桿，桿尾鬆弛，釣線在灘上亂成一團。他一旁看熱鬧，走過來，晃過去，似乎還反應不過來，該如何處理這一次釣上來的這麼多魚。他應該是誤會了義警「一人一半」的眞正意思，以爲義警袋子裡掃進去的，有他一半的份。也或許，他只是一時茫然，不曉得該如何處理手上這根立了功的新釣桿。

士兵的踏步聲、哨聲已進逼到耳際，再不動作的話，只好眼睜睜看著他的釣桿釣上來的許多魚，被義警囊括入他的背袋裡。

釣魚男子這下才曉得著急。顧不得疼惜他的新釣桿，像甩掉一把老掃帚似的甩掉釣桿。連續動作，一腳猴急踢翻擺在沙灘上的冰箱，立刻兩三手翻倒掉冰箱裡的漁餌、冰塊；釣魚男子兇兇擠入義警和那堆白花花的香菸堆裡。腳動、手動、嘴也動，他口裡「ㄟ、ㄟ、ㄟ」個不停，想制止義警吸塵器般的動作。

滿滿搶了一冰箱，釣魚男子似乎不鳴則已，才反應過來，換了個人似的，立刻變得積極又有效率起來。他將釣魚夾克「唰！」一聲清脆拉開，香菸條塞得他整個人臃腫了起來。還順手塞兩條夾克口袋裡斜插著；最後，一隻手兩條，兩隻手四條。他最大的承載量了。終於顫顛站了起來，釣魚男子厚厚鏡片上，濛濛一層白煙水氣。

士兵前哨這時趕到。

陳桑還坐在他的沙灘。

稍後，一個指揮這場行動的年青上尉軍官急躁趕到。他一邊快步奔跑，一邊指住陳桑他們三個，一邊「嗶、嗶、嗶」吹響了高亢的哨音。

部隊隨他一擁而上，立即層層疊疊包圍了他們三個。

陳桑仍然坐在他的沙灘上，抬頭一看，槍桿子已圍成了密不透氣的柵欄。

年青軍官使著銳利如刀芒的眼神，分頭刺看了他們三個各自一眼。有稜有角乾乾淨淨泛著青色鬍渣的下巴微微翹著，如法官冷冷瞪著已落入他掌握裡的三名罪犯。

釣魚男子躲在義警背後，卻如何也掩藏不了因塞滿香菸條而臃腫的身子，只好低著頭，腳尖撥弄灘上沙礫等候判決。

義警那男子，可一點也不氣餒。一個弓步，向前挺出他肥厚的胸脯，臉鼻上昂，直頂著軍官翹起的青色下巴。義警雖然這小小一步，他腳下可是往後翻起了一陣沙塵。

軍官可沒這麼輕易就被唬住。抖一下肩頭，撐挺胸膛，下巴一樣翹著。然後，半瞇起眼，冷冷的，只用眼神往下瞧著頂過來的義警。

氣氛在北風中僵愣住了。如一高一矮兩頭猛獸，哼哼發出越來越高昂的咕嚕喉音。嗤牙、咧嘴、瞠目、磨爪，如此灘頭對峙。

義警出手了。

整個身體，全身意志，臉上器官，甚至鬥瞪著的眼神都沒稍動；緩慢的，恐怕擾動這場僵持似的；義警緩緩舉出右臂。這條手臂像是從他身體分離了出來；他的手掌，極度小心、謹慎的，順了一下帽沿。

這時，軍官的瞳孔裡映出「義警」兩個鮮黃大字。

軍官原本脹紅的臉孔忽忽閃過一陣青白。

「軍警一家」在這關鍵時刻，被義警巧妙的一撥，竟然巧妙地發揮了關鍵作用。一句話也沒說，四眼仍然高低對瞪，繼續僵持了好一陣子。

軍官出手了。

軍官眼神鬆了一下，右臂幽幽舉起。也像從他的身體分離出來似的。那「繼續前進」的手勢，從舉起到揮出去足足用了半分鐘之久。撤走了對峙及包圍。

軍官回頭狠狠瞪了義警一眼。「先放過你」、「走著瞧」的意思清楚明白。部隊繼續前進。軍官帶領著他的士兵往岬角那頭繼續「嗶」了過去。

這時，軍官身邊通訊兵的無線話機裡傳來清晰有力的指令──「收起來，全──部，收起來。」

士兵鐵鞋窸窸㝗㝗匆匆踏過陳桑身邊。彷彿沒他的事。陳桑坐在灘上，想著他擱在碉堡裡的五條大魚、五大箱尼古丁，他臉上皺紋清楚寫著「歡喜」兩字。新樂園濕了有什麼關係，原先的懊惱一掃而空。陳桑陶醉在尼古丁給予胸腔穩重踏實的想像裡。想著、想著，陳桑口裡不經意地唸著：「吃不完了，這輩子吃不完了……」

義警揹起沉重的背袋，窸窸窣窣地走過陳桑跟前，恰好聽見了陳桑的叨唸。

義警停下腳步，折兩步路回頭，停在陳桑跟前。他聽到義警輕輕拉開背袋拉鍊……繼續聽到撕扯玻璃包裝紙的聲音。

半抬起頭，陳桑恰好看見六包零頭「七星菸」落在眼前。他半抬起的眼，又重重被壓下在沙灘上。

陳桑沒有機會抬頭看到義警的表情，但聽見了義警從天空丟下來的聲音：「吶，見者有份。」

村子那頭，幾個年輕人冒著大浪，把一艘小船推進浪裡。

船上小伙子眞有一套，海面驅船追上方塊，大膽操船把船尖泊近捲浪邊緣，船上伸出勾魚用的長鉤桿，鉤拉漂游在浪頭上的方塊。走鋼索似的，年輕小伙子從容地一鉤、一箱的。小船上，很快堆出一座方塊小山。

灘上站崗士兵實在看不下去了，吹起響亮哨音，想「嗶」退這幾個不要命的年輕人。

船上小伙子全都聾了一樣，「嗶」儘管「嗶」，他們手裡忙著，看都不看岸上一眼。

距離儘管不遠，但海、岸相隔如兩個隔著深深谷壑的山頭，隔著除了子彈才可能飛越的鴻溝。

岸上人群越來越多，幾乎是整個村子，或者，小城裡半數人都聚集在七星潭海灘，簡直比作醮大拜拜還要熱鬧。

陳桑站起來，拍拍黏在褲底的沙粒，順著人潮，他再次往岬角走去。

岬角下沙灘上，方塊已堆疊出一座小山樣的高塔。

士兵面向外，持槍以馬蹄形隊伍圍住香菸高塔和那位年青軍官。圍觀的人群再用更大的馬蹄形人牆圍住士兵。

馬蹄缺口面向海洋，北風由這個缺口吹進高塔核心。

海灘浪緣，一群士兵和幾個民眾一起參與跟海浪搶方塊的遊戲。

每搶出一個方塊，岬角下就爆發一陣狂熱的歡呼。軍民合力，兩個人一組，濕淋淋提住一箱方塊，輪流去堆疊那座小山樣的高塔。

小山越堆越高，高塔越推越尖。和諧歡呼的聲浪，支撐著高塔不斷疊高。一定高度後，高塔靠村子這側滑動了一下，如無感地震輕輕搖了一下。

大家注意力都集中在斜灘上的搶方塊，現場沒幾個人看出，這座小山如甦醒的火山。

一座山的生成、隆起；一段地質歷史在這岬角下濃縮上演。

人群中看熱鬧的陳桑，忽然想抽根菸，他伸手摸了摸大衣口袋裡的六包七星菸，想起義警丟下的「見者有份」這句話。他心裡想著，一邊掏出香菸，一邊口裡細細聲跟著唸出：「見者有份。」

沒想到，陳桑這句話被身邊一位中年男子聽進去了。

立刻，「見者有份，見者有份啦……」那中年男子，放聲將大家的心情喊了出來。這聲喊話，像一起旋風，受北風盤旋帶動，瞬間感染了外圍人牆裡的每一個人。人牆一陣騷動，「見者有份，見者有份啦」、「見者有份，大家有分啦」、「見者有份，大家分一分啦」七嘴八舌，越嚷越大聲，越喊越一致。

義警簡單的一句「見者有份」，他一定沒料到，竟成了岬角下這群人的共同口號。而且，這口號經過快速蛻變，最後簡化成兩個字——「分啦！」

「分啦！」、「分啦！」人群的吶喊形成波濤，震顫了原本就搖搖欲墜的高塔和看似合諧的歡樂氣氛。

不得不面對了。

「各位，各位，我們奉命行事，這裡查緝的是走私菸，我們奉命，全——部，沒收，各位，依——法，全部沒收。」軍官再度翹起他英挺的下巴，對著人群大聲宣示。

「幹你老母咧，全部沒收。」群眾裡有人蚊子般哼嚶。

「啥小，奉啥小的命？」有人老虎般低吼。

「幹你娘咧，依法、依法，依你老母的法。」這聲罵開來如爆竹火藥。

軍官似是宣示主權的一番話，惹起了人群更激烈地鼓譟。

集體情緒已經成型，風暴在鼻岬下逐步醞釀。

「各位鄉親，各位鄉親，請多多配合，」軍官這回縮起下巴，他似乎聞到了燜鍋水滾的氣味，修正了語調的硬度：「上面交代的事沒辦法啦，請各位見諒，請鄉親合作……」

「騙肖啦，十箱也是報繳，一百箱也是報繳，騙肖啦。」

「分啦！別再哭夭，分啦！」

「生眼睛頭一次碰到，好康的大家分啦。」

「見者有份，大家歡喜啦——」

「分啦！分啦！」形成一股聲浪，響徹雲霄。

浪頭間「軍民合作」奮勇幫忙搶方塊的兩個漢子，趁著鼓譟聲勢，衝鋒陷陣捲浪裡抓牢一箱方塊後，步伐穩健一致，默契十分，不再去堆砌那座小山。他們提著一箱方塊掉頭往村子方向霹霹啪啪快速離開，像神經兮兮、踮著腳尖匆匆快跑在沙灘上的一隻大螃蟹。

持槍士兵敏感地痙攣了一下，槍揹帶扣環一陣叮噹響起。

軍官把哨子猛猛塞進嘴裡，來不及吹響。

人群受這隻螃蟹突圍的騷動，先是錯愕沉靜了一下，呼喊聲暫停了幾秒，如浪頭拍岸前停頓了一下。當大家看明白了怎麼回事，終於大聲沸騰樣的嘯叫歡呼起來；一發不可收拾的坍塌。

先前的歡呼是人與海的爭搶；這次是人與人的爭奪。

比較起來，這一次的歡呼更真心實在。

人群從歡送大螃蟹的離開中獲得了集體快感，歡呼聲喧鬧得簡直一場有感地震。

軍官含在嘴裡的哨子，發出喵喵噓音後，終於軟垂無力；軟化成一只奶嘴含在口裡。

又幾隻螃蟹離去。

不同於先前那隻，這幾隻悠哉悠哉，在歡呼聲有力的支持下，踱著輕快舞步似的，從容離開。

軍官低頭交代了兩聲，士兵受命堵死了馬蹄缺口，停止軍民繼續合作。

浪頭只剩下士兵們繼續在浪濤裡搶奪不再有喝采聲的方塊。

人群的歡叫聲再次逆轉爲咒罵聲，一團野火，在這原本荒無人跡的岬角下滋燃。儘管北風寒冷，似乎無力吹熄這方熾熱的火堆。

荒郊海嵎，槍桿子似乎還能勉強維持住這不穩定的場面，但維持平衡的翹翹板已斜向人群這頭。當中那座方塊高塔顯得搖搖欲墜。這局勢三歲小孩也看得懂，萬惡的敵人並不存在，槍桿子在這時不過比牙籤稍粗一點而已。

若說當中那堆高塔可能是招惹這場軍民對峙的主因，倒不如說，是那堆塔中的尼古丁帶給現場每個人胸腔裡的迷惑。

幾個穿制服，或是穿便服的警察在人群裡徘徊。他們角色尷尬。偶爾，他們儘量婉轉說些不同於集體意見的話。譬如說「抽菸不好有礙健康」類似這樣的話，周圍馬上會出現嫌惡的眼光。這場在原本荒無人跡岬角下的僵持，警察也在「分啦！」的喊聲裡，像炎陽下的奶油塊，怎麼掙扎都註定了融化的命運。

這是個只要待在群體裡就得服膺集體意見的場合，這時候，任何一句多餘的、不當的話，都有可能引燃一場風暴。像大海裡的一群小魚，相互挨蹭，集結成團，自然就形成了集體方向，群中的每個個體都將追隨著集體意志而動作、思想及吶喊。

人群裡湊合著看熱鬧的人不少，就像裡頭不抽菸的人其實佔了一大部份。但是，那企望尼古丁的欲望，在這鼻岬下，在這狂嘯北風下，大家早已不分男女老少，目標一致——有菸大家抽，有好康的大家分。

一般社會習慣彼此遵循的法則、規矩，竟如此薄弱的，好笑的，被海裡漂來的一堆尼古丁，就這麼完全給瓦解了。

人群的優勢在數量，軍隊的優勢在槍桿，那最原始，最粗魯的角力，可能即將在黑色鼻岬的見證下，一觸即發。

人群持續紛亂地起鬨、咒罵。軍隊低調緘默。這微妙的情況，像蛋殼那樣鬆脆；這勉強維持的平衡，如玻璃紙那般薄弱。但還是缺少一個針點來刺破它，缺少了一點火苗來引爆它。

軍官不時抬頭看向漁村，引頸像在期待什麼，他筆挺的制服後背，滲出了斑斑汗漬。

北風一樣呼吼。

吼吼疊疊，一串沉重的引擎聲從漁村那頭傳了過來。

鼻岬下的每一個人，連黑色鼻岬也好像轉頭來看。

一列軍用卡車，十幾部，吐著洋洋黑煙，從灘頭顛簸著魚貫駛來。卡車輪胎碾壓灘上石礫，發出了沉重得叫人心慌、心碎的軋擠聲。像一營重裝士兵虎虎踏步；像一列坦克催足了馬力。

軍官一展愁眉，瞬間恢復了俊俏的笑容，他下巴一旋，有稜有角的又翹了起來。士兵們精神一振，紛紛握挺了槍桿。

「嗯哼，」軍官清了清久塞淤痰的喉嚨，提了提嗓門，大大聲說：「我們，依——法行事，查扣，所——有的，所——有的，走私菸。」意猶未盡但一點不必要的補了個尾音：「嗯哼。」他一邊宣示，一邊拳起拳頭，高高舉著，呼口號似的一下下往前鎚著。分明是一場慷慨激昂的演講。

人群裡安靜沒半點聲音，群眾的優勢瞬間被卡車的引擎聲、石礫的碾揉聲，撕成碎碎片片。

坦克把炮管瞄準了鼻岬，瞄準了岬角下的每一個人。再怎麼熾熱的情緒，也擋不住那樣碾、那樣壓、那樣的火和雪、那樣的從山頭摔到谷底。

北風一下子降溫，彷彿降到冰點。原本還流汗的，如今紛紛扣緊了領扣。

陳桑痀僂著背，呢帽摘下扶在胸前，像在致敬或致哀。他細碎步，緩慢的，無聲的，不起眼的，陳桑向前幾步踱到一位持槍士兵跟前。

陳桑突然朝士兵鞠了個躬，輕聲說了句：「借過一下。」

人群和士兵都把注意集中在浩浩蕩蕩前來的那列坦克上，沒有人注意到陳桑這老人在作什麼。

那被鞠躬的士兵從坦克上頭才縮回視線，不過才愣了愣，陳桑彎下腰，似在更深的鞠躬；時機掌握在士兵來不及任何反應前，陳桑悄悄從士兵持槍的肘下穿過，並沒有驚擾到這場僵持末尾最後的寧靜。

空氣裡震顫著坦克隆隆吼聲，陳桑低頭穿過士兵肘下後，兩步而已，他已站在這座尼古丁小山的山腳下。這時，軍官轉過頭來，似曾相識地想了一下。大概是勝利就在眼前，胸已成竹；但，不過才短短的這麼想了一下。

陳桑又是一鞠躬。

彎下腰，像精準計算過這座高塔的結構；整個節奏都像是精密設計過、演練過，陳桑運用了軍官那些微似曾相識的遲疑。陳桑蹲下去，在高塔靠村子這一側邊，從塔底一箱已經破裂露出香菸條的方塊，用他舷邊拔魚的力道與氣魄，咬緊牙，拔出兩條白煙。

坦克這時逼近人牆，駕駛座一名士官拍掌按鳴了勝利的喇叭，如戰場上凱旋的號角。車上一個士兵比出「V」字手勢伸出車窗。

高塔在坦克鳴響的喇叭聲中，維持了數秒鐘的慣性平衡。一聲傾頹。

朝著村子那頭的士兵及外圍人群紛紛走避。第一輛進入核心的駕駛，恰好看見了高塔像一波浪峰，向著坦克坍垮下來。

高塔往外倒，人牆往內擠……短短不過五秒鐘，軍、民、坦克像陷在激流漩渦裡打轉。亂成一團，不可收拾。

陳桑早走遠了。

覆岸浪濤很快地抹去了陳桑留在灘上的腳跡。

過完年不久，整座城市所有抽菸的人，幾乎都抽到了七星潭來的七星煙。

好久好久以後，七星潭海灘上仍撿得到潮濕了的七星菸。

浪濤不曾疲倦地拍打著七星潭海灘。

奇萊鼻下那場熱鬧後，鼻岬下很快又堆積了猙獰挫斷的漂流木、脹飽肚皮發臭的各種動物屍體、枯乾瓦碎的白骨、破朽的船板、幾條斷纜、半邊長著藤壺及茗荷介的瓶瓶罐罐。

自然公園70

尋找一座島嶼

作者 廖鴻基
封面攝影 戴惠莉
文字編輯 林婉如
美術編輯 李靜姿

發行人 陳銘民
發行所 晨星出版有限公司
台中市407工業區30路1號
TEL:(04)23595820 FAX:(04)23597123
E-mail:service@morningstar.com.tw
http://www.morningstar.com.tw
行政院新聞局局版台業字第2500號
法律顧問 甘龍強律師
印製 知文企業（股）公司 TEL:(04)23581803
初版 西元2005年3月15日

總經銷 知己圖書股份有限公司
郵政劃撥：15060393
〈台北公司〉台北市106羅斯福路二段79號4F之9
TEL:(02)23672044 FAX:(02)23635741
〈台中公司〉台中市407工業區30路1號
TEL:(04)23595819 FAX:(04)23597123

定價 250 元
（缺頁或破損的書，請寄回更換）
ISBN 957-455-825-8
Published by Morning Star Publishing Inc.
Printed in Taiwan

國家圖書館出版品預行編目資料

尋找一座島嶼／廖鴻基著. －－ 初版. －－
臺中市：晨星，2005〔民94〕
面；　公分. －－（自然公園；70）

ISBN 957-455-825-8（平裝）

857.63　　94002988

◆讀者回函卡◆

讀者資料：

姓名：＿＿＿＿＿＿＿＿　性別：□ 男　□ 女

生日：　／　／　身分證字號：＿＿＿＿＿＿＿＿

地址：□□□＿＿＿＿＿＿＿＿＿＿＿＿＿＿＿＿

聯絡電話：　（公司）　（家中）

E-mail＿＿＿＿＿＿＿＿＿＿＿＿＿＿＿＿

職業：□ 學生　□ 教師　□ 內勤職員　□ 家庭主婦
□ SOHO族　□ 企業主管　□ 服務業　□ 製造業
□ 醫藥護理　□ 軍警　□ 資訊業　□ 銷售業務
□ 其他＿＿＿＿＿＿＿＿

購買書名：＿＿＿＿＿＿＿＿＿＿＿＿＿＿＿＿

您從哪裡得知本書：□ 書店　□ 報紙廣告　□ 雜誌廣告　□ 親友介紹
□ 海報　□ 廣播　□ 其他：＿＿＿＿＿＿＿＿

您對本書評價：（請填代號 1. 非常滿意　2. 滿意　3. 尚可　4. 再改進）

封面設計＿＿＿＿版面編排＿＿＿＿內容＿＿＿＿文／譯筆＿＿＿＿

您的閱讀嗜好：

□ 哲學　□ 心理學　□ 宗教　□ 自然生態　□ 流行趨勢　□ 醫療保健
□ 財經企管　□ 史地　□ 傳記　□ 文學　□ 散文　□ 原住民
□ 小說　□ 親子叢書　□ 休閒旅遊　□ 其他＿＿＿＿＿＿＿＿

信用卡訂購單（要購書的讀者請填以下資料）

書　名	數　量	金　額	書　名	數　量	金　額

□VISA　□JCB　□萬事達卡　□運通卡　□聯合信用卡

•卡號：＿＿＿＿＿＿＿＿　•信用卡有效期限：＿＿＿＿年＿＿＿＿月

•訂購總金額：＿＿＿＿＿＿元　•身分證字號：＿＿＿＿＿＿＿＿

•持卡人簽名：＿＿＿＿＿＿＿＿　（與信用卡簽名同）

•訂購日期：＿＿＿＿年＿＿＿＿月＿＿＿＿日

填妥本單請直接郵寄回本社或傳真(04)23597123

請填妥後對折裝訂，直接投郵即可，免貼郵票。

廣告回函
台灣中區郵政管理局
登記證第267號
免貼郵票

407
台中市工業區30路1號
晨星出版有限公司

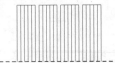

請沿虛線摺下裝訂，謝謝！

更方便的購書方式：

(1) **信用卡訂閱**　填妥「信用卡訂購單」，傳眞至本公司。
或　填妥「信用卡訂購單」，郵寄至本公司。

(2) **郵政劃撥**　帳戶：知己圖書股份有限公司　帳號：15060393
在通信欄中塡明叢書編號、書名、定價及總金額即可。

(3) **通　　信**　塡妥訂購人資料，連同支票寄回。

◉如需更詳細的書目，可來電或來函索取。
◉購買單本以上9折優待，5本以上85折優待，10本以上8折優待。
◉訂購3本以下如需掛號請另付掛號費30元。
◉服務專線：(04)23595819-231　FAX：(04)23597123
E-mail:itmt@morningstar.com.tw